Los de Bilbao nacen
donde quieren

María Larrea
Los de Bilbao nacen donde quieren

Traducido del francés por Alicia Martorell

Título original: *Les gens de Bilbao naissent où ils veulent*

Primera edición en TuBolsillo: junio de 2025

Diseño de cubierta: Elsa Suárez Girard / www.elsasuarez.com
Ilustración: © Elsa Suárez/Arcangel

PAPEL DE FIBRA
CERTIFICADA

© Éditions Grasset & Fasquelle, 2022, 2025
© de la traducción: Alicia Martorell, 2023
© de esta edición: TuBolsillo (Grupo Anaya, S. A.), 2025
   Calle Valentín Beato, 21
   28037 Madrid

   ISBN: 979-134-87739-01-0
   Depósito legal: M-6538-2025
   Printed in Spain

A Victoria y Julián
Para Robin, Adam y Sol

Prólogo

Nadie se acuerda del momento en que nació.

Yo no me acuerdo de cuando nací. Es imposible, las estructuras cerebrales que permiten fabricar los recuerdos son inmaduras en los bebés. Solo sé lo que me contaron. *Mamá*[1], dime, ¿cómo me tuviste? *Pues como todo el mundo.* Vale, como todo el mundo. Una mujer, un útero, un feto, para llegar a un recién nacido. Ese es el camino, el *modus operandi* en mi cabeza de niña, de adolescente, de adulta.

Me imagino la escena en un hospital o una clínica. Una mujer acostada, suda, jadea, tiene los muslos abiertos, en posición ginecológica, empuja fuerte, un médico se abalanza hacia su entrepierna y desaparece detrás de una sábana. Se escucha un grito primigenio.

Ha sido niña.

1. Este libro, tan español como francés, mezcla con frecuencia los dos idiomas. Las palabras o frases en cursiva normalmente corresponden a textos que estaban en español en el original *(N. de la T.)*

En esta cabeza de niña alimentada con series americanas, películas de terror, sesión doble, así es como me imaginé durante años mi nacimiento. Las protagonistas éramos mi madre y yo. Todo en español, era la única información que tenía. Había nacido un 2 de noviembre en Bilbao, España, así que los diálogos estarían en español, con las «r» pronunciadas adecuadamente y seguramente algunos insultos anticlericales para animar un poco la situación. Todo pura fantasía, y hasta muchos años después no entendería por qué. Por qué quería ser directora de cine.

Tenía en la cabeza una puesta en escena, imágenes desfilando que contarían lo desconocido, la raja boqueante, el origen del mundo. Para hacerlo tendría que aprender el oficio de directora y entonces podría filmar un primer plano, con focal larga, sobre el rostro de la parturienta.

Acción.

Primera parte

1

El pulpo escupía una baba espumosa sobre las rocas cuando Dolores lo atrapó.

No le daba aprensión, lo sujetaba firmemente por el cuello, donde nacen los tentáculos. Debía de medir un metro de largo. Despacio, el cefalópodo enroscaba uno de sus ocho apéndices viscosos sobre el brazo de Dolores. Ni miedo o asco ante el abrazo del animal. Caminaba por la playa rocosa hasta el búnker de hormigón que le sirve de casa. Dolores iba en manga corta a pesar del frío de enero, ese frío invernal, húmedo y asesino de las costas gallegas. Llevaba un vestido ligero y floreado, de verano, porque era lo único que se podía poner: su vientre de mujer embarazada estaba a punto de explotar.

De repente se levantó una borrasca que azotó sus mejillas casi quemadas. Caminaba con los ojos entrecerrados para que no se le pegaran granos de arena a los párpados cuando pasó ante el porche de la casa. Un rectángulo de hormigón bruto sin adornos, sin colores, sin el más mínimo atisbo de belleza. Una casa solitaria, azotada por el viento, en ese pequeño valle cerca del océano, a un kilómetro de Gateira. ¿Cómo es posible tener tan poca ambición arquitectónica? En la planta baja, un cuarto diáfano, arriba, un dormitorio. La única concesión estética del edificio era un patio interior donde se secaba la ropa y se encontraba el altar de las dignas amas de casa de la región: una pila de piedra en la que Dolores sacudía las esteras, al pulpo, a su hijo.

La primera contracción llegó al empezar a dar bastonazos sobre la cabeza del animal. Reconocía lo que se preparaba en su interior. Dolía menos que las palizas de Santiago, era menos violento que cuando la forzaba. En su cabeza, rezó a Dios y a la Virgen Santísima del Rosario de Fátima y a toda una serie de mujeres martirizadas. Que no sea idiota como el primero. Que pueda ir al mar a pescar bacalao. Que me pueda construir una hermosa casa con sus propias manos. Que me defienda cuando su padre se atreva a levantarme la mano. El pulpo agonizaba. Dolores seguía a lo suyo, dándole golpes. Las contracciones se aceleraban, se podía adivinar por la forma picuda que adquiría su vientre y por sus labios contraídos en una especie de rictus. Dolores no quería gritar. En vez de hacerlo, metió los dedos dentro del animal en busca del tesoro negro. Mirando al cielo, guiándose solo por el tacto, sonrió: había encontrado el botín. Con el índice y el pulgar sacó delicadamente la glándula nacarada y transparente con el delicioso jugo negro. Iba con cuidado para no romperla pero una nueva contracción le sacudió el cuerpo. La tensión eléctrica le retorció las manos. La bolsa estalló y la tinta negra se desparramó por sus dedos y chorreó por sus piernas blancas.

Gritó: *¡Jesús!* No estaba invocando al hijo de Dios, sino al hijo ese que tenía ella. Jesús, de cinco años, sonrisa boba y carita de ángel. Se plantó delante de ella. Estaba lleno de churretes, pero tenía la expresión feliz del niño al que por fin hace caso su madre. Le mandó a buscar a la vecina. *¡Date prisa, imbécil!* Jesús salió corriendo.

Mientras esperaba, Dolores se instaló dentro de la casa, puso agua a calentar, desfigurada por el dolor, pero sin emitir sonido alguno, sin un gemido. Se reservaba para más tarde. Se tumbó.

Jesús entró con la anciana Clara.

En silencio, la vecina se arrodilló a los pies de la mater dolorosa que se abrió de piernas. *Ya está aquí.* Jesús se acurrucó tras la espalda jorobada de la partera para mirar. En las manos arrugadas de Clara ya se podía ver la cabeza coronada de pelo y de vello púbico del recién nacido. *Empuja.* Dolores expulsó de golpe la carga que había llevado estos últimos meses. ¿Qué ha sido?, preguntó. Clara sujetaba a la criatura en las manos. Inspeccionó la entrepierna y comprendió en un instante el fatídico destino que esperaba al recién nacido. Miró a Dolores y respondió: «Es una niña».

Dolores rechazó la afrenta. Había pedido un hijo, uno de verdad, uno fuerte, no esto. No una niña. No la quería. *Llévasela a las monjas, son las únicas que quieren niñas.* Clara sacó una navajilla de hoja ennegrecida del bolsillo del delantal para cortar el cordón. Dolores se levantó sin decir una palabra, se secó la sangre de la entrepierna como si hubiera estado orinando y caminó con dificultad hacia el exterior. Llegó hasta el lavadero y solo allí se puso a vomitar las tripas, justo al lado del pulpo muerto. Jesús no había emitido ningún sonido. Las lágrimas le corrían por la cara, derritiendo la mugre de sus mejillas regordetas.

Y así es como Clara, la vecina, tomó en sus brazos a la niña, tan miserable que había nacido sin nombre, y se la llevó a paso ligero al convento de Santa Catalina, famoso en toda la región por su receta de flan celestial. Al llegar a la puerta, llamó, con la criatura envuelta en un trapo blanco como si fuera un enorme salchichón. *Mi vecina no la quiere, no tiene dinero, su marido está en el mar, su único hijo es «tonto».* Tendió a la niña. La monja la recibió y decidió ofrecerle un destino mucho mejor: como acababan de celebrar la Epifanía, dio a la niña el nombre de Victoria. Una primera victoria sobre el infierno.

Victoria es mi madre.

2

La joven Victoria aprendía deprisa. Manejaba la cuchara de palo como nadie. Sor Isabel solo la quería a ella para preparar el famoso *flan de las hermanas*. A pesar de su temprana edad y de sus manos tan pequeñas, Victoria rompía los huevos a la perfección. Separaba la yema de la clara con un movimiento rápido. ¡Esta niña era una enviada del cielo! Las otras hermanas eran tan torpes que montones de huevos se estrellaban contra el suelo. Sor Isabel nunca se había recuperado del día que comió un trozo de cáscara. A Dios gracias, había ido a parar a su plato. Menos mal que no le había tocado a sor Úrsula, la madre superiora, desagradable y conocida por su tendencia a exagerar con el vino de consagrar. Hubiera podido atragantarse o arañarse el paladar.

Sor Isabel era ferviente devota de Bernadette Soubirous. Cuál no fue su alegría al abrir la puerta aquella mañana glacial del 7 de enero de 1947. Su futura protegida había nacido el mismo día que la augusta santa de los Pirineos. La mandó

17

bautizar inmediatamente, aprovechando que el diácono estaba de paso por el convento. Victoria María Bernarda ingresó en el mundo por segunda vez bajo los auspicios de una santa. Conservará esos estigmas toda su vida. Una vida de mártir y beata, pero sin la ratificación del Vaticano.

Victoria se comía el flan con deleite, sentada con los otros huérfanos: doce niños que ya se podían sentar a la mesa, el más joven de dos años y el mayor de diez. También había cuatro bebés, en una habitación especial donde el olor agrio del vómito se mezclaba con el olor de la piel de las criaturas, a caramelo caliente. Dos hermanas, las bigotudas sor Gertrudis y sor María de las Mercedes, especialistas en eructos y en doblar pañales, se iban turnando.

La enorme pobreza de la zona no atraía a demasiados padres adoptivos. En el día de visita de parejas infértiles era palpable el nerviosismo de los inocentes. Se podía percibir el miedo en el olor a puerros de la transpiración, mientras soñaban con un hogar y una dulce madre como en los libros que manoseaban hasta deshacerlos. Especialmente el *Nuevo Catón,* método de lectura de todos los niños españoles desde 1939, del que el convento poseía seis ejemplares impecables. Cada mañana, después del desayuno de pan mojado en café con leche y del oficio de Tercia, los niños iban a clase. Lectura y matemáticas. El método de lectura era un método silábico. Ra, ri, ru, se, so, sa, su, az, oz, uz.

Las primeras frases que leyó Victoria fueron las desgarradoras AMO A MI MAMÁ, MI MAMÁ ME AMA, MI MAMÁ ME MIMA. Qué cruel es la vida a veces. El diablo está en los detalles. Después de emitir estos sonidos apenas era capaz de tragar.

Por la tarde, las niñas iban al lavadero a lavar sábanas y ponerlas a secar y luego las planchaban. Los niños jugaban a la pelota en el patio.

Victoria no era una niña triste, pero tampoco era muy feliz. Una niña sencilla que se había adaptado a una vida pautada por los oficios religiosos, las clases, la preparación de las comidas y la limpieza. No tenía tiempo de pensar en su suerte. A pesar del horror de su abandono, disfrutaba de una sororidad no demasiado cruel.

Victoria tenía un físico fuera de lo corriente. Era bajita, como todas las gallegas, con un pelo hirsuto y negro, ojos verdes de jade, nariz microscópica, tez lechosa y cejas bien fornidas, rectas como dibujadas con un lápiz grueso. Una mirada cinematográfica. Una belleza divina. Simplemente era irresistible. Y sin embargo nunca se la llevaban los futuros padres. Se quedaba sola, como la mercancía averiada. Cuando los futuros padres de familia la miraban de cerca, las mujeres estériles apretaban los dientes y apartaban los ojos. La belleza de Victoria no era muy católica. No era mona, no, a los ocho años ya tenía el don de pervertir a los hombres. Sor Isabel había intentado limitar los estragos, vendando cada día el pecho de la niña. La llevaba con el pelo corto, la vestía con pantalones y camisas holgadas, pero daba igual. El demonio estaba ahí, en algún escondrijo. Circulaba por las venas de la niña.

A pesar de su belleza turbadora, Victoria no tenía confianza en sí misma, dudaba de su capacidad para conseguir unos padres adoptivos. Intentó una y otra vez hacerse más amable, más encantadora en las visitas, pero solo lograba empeorar las cosas. Entonces cada noche rezaba en voz baja en la cama apretando el pulgar contra su labio superior. Con los dedos, dibujaba cruces sobre sus labios y se dormía de agotamiento tras rosarios interminables. *Dios te salve, María*. ¿Logró algún día rezar las ciento cincuenta avemarías del Santo Rosario? Se consideraba la única responsable del ardiente fracaso de su adopción. No rezaba lo suficiente, no era lo bastante fervorosa, lo bastante amable, lo bastante inteligente, lo bastante buena. Y para tranquilizarse, repetía una y otra vez: somos hijos de Dios.

Toda su vida Victoria recordará el 6 de enero de 1957. Para celebrar la Epifanía, la diócesis y a Francisco Franco, Caudillo de España y nacido en Ferrol, la ciudad que estaba enfrente de la casa que la vio nacer, regalaron a todos los niños menesterosos de la región un viaje en autocar para descubrir en el cine la película *Marcelino, pan y vino*. Victoria subía por primera vez en un vehículo motorizado. Vomitó todo el trayecto. Todo el mundo se burló de ella.

El cine, que también hacía las veces de circo, apestaba a paja y a fieras. La niña descubría la película en medio de las náuseas persistentes. La historia del huerfanito la traumatizó, lloraba tanto que seguía sollozando en el viaje de vuelta. En el autobús se miraba los pies fijamente, concentrándose para no vomitar de nuevo. Le dolía la tripa, la espalda, estaba a la muerte. Al día siguiente cumplía diez años. Aquella noche, Victoria sangró por la entrepierna y, al descubrirlo, pensó que estaba maldita para siempre. Se iba a morir de pena por culpa de la película. O a lo mejor era por culpa del autobús.

Por la mañana no se movió de la cama, estaba empapada en sangre menstrual y no comprendía lo que le estaba pasando. Mientras las otras iban saliendo del dormitorio, Victoria rezaba, con su pequeño pulgar pegado al labio superior, en posición fetal, encogida como un animal herido. La hermana Isabel entró corriendo. Victoria estaba escondida bajo la sábana blanca. Sor Isabel levantó el sudario de golpe y comprendió en un instante. No pasa nada, es normal, Victoria. Tengo una buena noticia para ti, te han venido a buscar. El cielo te ha escuchado. No podía venir antes, no tenía dinero ni nada para darte de comer, pero ha venido tu madre, Victoria. ¡Tu verdadera madre!

La niña, belleza ensangrentada, yacía sin fuerzas y le anunciaban que su *mamá* estaba ahí, que había venido a buscarla para ocuparse de ella, para darle de comer. Sor Isabel ayudó a Victoria a arreglarse y la llevó a las duchas. Bajo el agua tibia, la tensión de su cuerpo cedió. Victoria veía caer los cuajarones de sangre sobre los azulejos blancos y, arrastrados por un torrente purpúreo, irse por el desagüe.

Sor Isabel le preparó un pañito y le puso el vestido nuevo que guardaba para la ocasión, para los días importantes. Para las que se iban. Un vestido nuevo de algodón azul marino con topos blancos. Tomó un frasco de agua de colonia que escondía en la mesilla, se frotó las manos y luego las pasó por la cabeza de la niña y la peinó. La hermana tenía un dolor en el pecho, pero seguía sonriendo a Victoria, al verla convertirse en una mujer. Sor Isabel tenía la intuición de que esta madre que venía a buscar a su descendencia no sería exactamente la que aparece en los sueños de las niñas.

Era poco cristiano por su parte no reconocer la obra de la divina providencia en este retorno materno, pero sor Isabel no podía hacer nada. Lo sabía. Cuando estuvo lista, Victoria recorrió toda la comunidad de la mano de sor Isabel.

Nunca la había apretado tan fuerte. Luego firmó en un registro y se marchó de la inclusa. Cruzó la puerta y se encontró frente a su matriz.

Dolores contempló a la niña con severidad. Cargaba un bebé sobre la cadera derecha y sujetaba con la mano izquierda a una niña morenita de unos cinco años. Jesús se escondía detrás de Dolores. Se miraba fijamente los pies, con dos pares de calcetines escurridos como un acordeón sobre sus tibias magulladas. Había crecido, ahora era un adolescente. Dolores escrutaba a su hija sin moverse, el trío parecía una escultura, nadie respiraba, congelados ante el espectáculo de la espléndida Victoria. Dolores se arrepentía de haber vuelto. Esta niña era demasiado guapa, no iba a causar más que problemas.

Victoria dio un tímido paso adelante y sonrió.

Esta sonrisa, la primera de una niña a su madre, se quedaría sin respuesta a lo largo de toda su vida.

3

Era una imbécil feliz.

Es lo que había decretado Pierre, el chico más guapo de
la escuela primaria Notre-Dame Saint-Roch en una clase
de gimnasia. Todos los niños hacían cola en chándal para
reproducir uno por uno los ejercicios en la alfombrilla. La
sala era inmensa, grandes espejos duplicaban a mis compañeros: un ejército en calcetines. Yo me reía de su veredicto,
no demasiado segura de mi reacción, pero encantada de
haber despertado su interés. Luego miró mis manos, llevaba esmalte de uñas rojo desconchado sobre mis uñas mor-
didas.

—Ese pintauñas es muy vulgar.

Segunda sentencia del tribunal revolucionario de segundo
curso de primaria. Las cosas ya estaban más claras y mi cara se
congeló. Tras mil volteretas, hacia delante y hacia atrás, hacer
el puente y otros ejercicios entre el hedor del parqué encera-
do, el plástico caliente y los pies húmedos, la cabeza me daba
vueltas y tenía náuseas.

Al salir del colegio, envuelta por la horda de niños que se precipitaban a la salida, las palabras de Pierre seguían infiltrándose en mi cerebro. Sabía que no era un cumplido, pero lo que me perturbaba era esa palabra: «feliz». Si parecía feliz, o si realmente era feliz, daba igual que fuera una imbécil. Estrujada entre mis compañeros, con los mocos chorreando, salí por la el portón y vi a la mujer que me esperaba. Siempre estaba ahí, cada día, entre las niñeras filipinas, las chicas *au pair* inglesas (siempre pelirrojas) y algunas amas de casa. Mi mamita, Victoria, morena, bajita como buena ibérica, pero una fuerza de la naturaleza, con su mirada franca enmarcada por las cejas más rectas, más negras del mundo, dos trazos que dibujaban su mundo horizontal. Mientras que mis compañeros volvían a casa intercambiando unas palabras en inglés con sus tatas, yo me abalanzaba hacia mi madre y le contaba en español lo que había hecho mientras le entregaba la mochila.

Cada noche, por el camino de vuelta, la llevaba tiernamente del brazo. A veces cruzábamos por el Monoprix para comprar algo. Siempre salía con un juguete y con caramelos. No sabía decirme que no. O más bien, no me podía negar nada, privilegio del hijo único adorado. Mi benefactora y yo cruzábamos la avenue de l'Opéra, la rue Gaillon y por fin llegábamos a casa, a nuestra calle, ese territorio extraño cuya frontera secreta dibujaba el bar.

Ese era el principado de mi padre, Julián, conserje del Théâtre de la Michodière, en la calle del mismo nombre. Era el más firme sostén de todo aquello, incluida la barra del bar. Cada mañana abría la persiana del teatro, llevaba el correo a las oficinas de la dirección y se sentaba en los amplios escalones de piedra. Saludaba y vigilaba a todo bicho viviente en el barrio, conocía por su nombre a todas las vigilantes del aparcamiento, daba palmaditas en la espalda a los policías. Era el faro de la calle. Lo veía sentado, con sus aires singulares de ogro folclórico; una txapela sobre su hirsuta cabellera entrecana, polo Lacoste, chaquetón tres cuartos de cuero negro, mocasines relucientes. Arremangado, invierno o verano, lo que dejaba ver su brazo tatuado, un vestigio de los años que pasó en la Marina. Un corazón atravesado por una flecha con sus iniciales y las fechas de cada travesía. Un tatuaje monocromo, azul descolorido, desgastado aquí y allá. Se podía adivinar que se trataba de un tatuaje artesanal, hecho con una aguja, tinta de bolígrafo y vapores de aguardiente. Me parecía guapísimo, *mi padre*.

Con su aliento vinoso y su mirada melancólica, me daba un beso cuando pasaba por el puesto de control. Seguíamos hasta la entrada de artistas, la conserjería acristalada, donde mi padre pasaría la noche abriendo la puerta a los artistas y vigilando las idas y venidas, antes de echar el cierre, tarde por la noche, una vez terminada la función.

Luego subíamos las escaleras que llevaban a la dirección. Sobre las paredes de un frío color gris, una línea impecablemente pintada con una flecha: Para llegar a la dirección, siga esta línea. También era el camino a casa, al piso que teníamos asignado. *Follow the yellow brick road.* Seguía el camino de baldosas amarillas, punteado por diferentes carteles de estética *art déco* que alababan los méritos de múltiples compañías ferroviarias. Las locomotoras monumentales del Orient Express me marcaban el camino cada día. Tras las famosas oficinas de la dirección y este corto tránsito por Mitteleuropa, llegaba al último pasillo en el que ya no había ninguna indicación. Por fin estaba en casa, en otra dimensión: cruzaba una línea invisible, fundido, transición desde el coqueto teatro habitado por los fantasmas de Pierre Fresnay y Sacha Guitry a un plano del pasillo oscuro de paredes descascarilladas donde mi madre tendía la ropa. A veces había que apartar las enormes sábanas con la mano para abrirse camino hasta la puerta de casa. Dos habitaciones: el vestíbulo, que también era mi cuarto, y el salón comedor, que era el cuarto de mis padres, una minúscula cocina y el aseo. No teníamos ducha, usábamos las de los actores. Antes de cenar, bajaba a los camerinos con la toalla y el jabón. Debía darme prisa y lavarme rápido para no arriesgarme a coincidir con alguien de la compañía o del equipo técnico.

Una vez bien limpita, podía comenzar la fotosíntesis televisiva. En casa no había muchos metros cuadrados, pero sí dos pantallas permanentemente encendidas. Mis padres habían llevado el vicio a tener dos teles en la misma pared, una contra otra, como amantes enfadados. Podíamos mirar dos programas diferentes o embarcarnos en un estéreo casero. Las ventanas daban a un patio interior con vistas a las oficinas del teatro, con sus secretarias, sus contables y su director. Nuestra casa, donde cada objeto era de su padre y de su madre, estaba sumida en el desorden: en el salón, papel pintado años setenta de motivos geométricos hipnóticos; en mi cuarto/vestíbulo, papel pintado de flores de colores pastel estilo Laura Ashley. Gruesas cortinas de terciopelo verde, un sofá cama La Maison de Valérie, un aparador y sillas desparejas repartidas alrededor de una mesa demasiado grande para la habitación. Nunca vi de qué madera estaba hecha, porque siempre llevaba un hule de flores cuya marca de fábrica era una quemadura de cigarrillo junto al inmutable cenicero de mi padre, lleno hasta el borde de colillas de Camel sin filtro. A través de este agujerito calcinado de plástico fundido, se podía adivinar otro hule. Mi madre cada año añadía un hule nuevo sin quitar el anterior. Yo podía recorrer las profundidades de este hojaldre de hules a través del hueco.

Las comidas consistían casi siempre en legumbres que mi madre ponía en remojo de un día para otro y que empezaba a cocer a las siete de la mañana. Toda mi infancia huele a cebolla frita, sopa y carne guisada. Lentejas, garbanzos, judías pintas o blancas. La única modernidad alimentaria en casa consistía en flanes Flanby y galletas Príncipe. Solo se hacía una excepción al régimen los días que tenía anginas o bronquitis (era una niña enfermiza). Entonces tenía derecho a mi plato favorito: calamares en su tinta. Devoraba la carne gomosa y salada que pescaba con frenesí en el charco de salsa negra de mi plato. Con una sonrisa pintada en mis labios teñidos y mis dientes ennegrecidos, finalmente aceptaba tomarme los antibióticos.

Todas las noches, las dos veíamos *Santa Bárbara,* el telediario, el tiempo y una película. Mi madre prefería las películas americanas con *grandes artistas*. No le gustaban las películas francesas *de mierda,* que siempre le parecían fatal, *horribles*. Louis de Funès era el único actor francés que encontraba indulgencia a sus ojos. En general, la película terminaba al mismo tiempo que la función. Escuchaba los aplausos que marcarían el punto final de la velada. Era la señal. Le daba un beso a mi madre, me iba a la cama, me tapaba hasta los ojos y me esforzaba por dormirme lo más rápido posible. Evidentemente, casi nunca lo conseguía. Y sabía lo que iba a pasar en un instante. El animal transformado por el vino subiría una vez que se hubieran marchado todos los actores y se hubieran firmado todos los autógrafos. El corazón me golpeaba el pecho, porque cada noche era una lotería. Mi padre abría la puerta, yo me hacía la dormida. Cruzaba mi habitación y cerraba la fina puerta que la separaba de la suya.

Si no iba demasiado borracho y estaba de buen humor, escucharía el sonido uniforme de los resortes del sofá cama. Si estaba cocido, empezarían los insultos, a veces los golpes y siempre el silencio de mi madre. Mala puta, me cago en Dios, me cago en la Virgen, *¡Me cago en la hostia!* Cualquier pretexto era bueno para azuzar su ira y su rencor, tan misterioso como profundo. *Julián, por favor* eran las últimas palabras que escuchaba a mi madre antes de taparme la cabeza con la almohada y apretar lo más fuerte que podía, hasta que se me llenaba de zumbidos.

4

Era la primera vez que Josefa iba al cine.

Todo el mundo iba muy elegante, delante del Salón Olimpia. Aquella noche, se codeaba con la buena sociedad de Bilbao y había quedado con un hombre. Cuando la sala se sumió en la oscuridad y el motor del proyector se puso en marcha, se sobresaltó ligeramente y quedó hipnotizada por las veinticuatro imágenes por segundo. El flujo sanguíneo se aceleró en sus arterias, los globos oculares oscilaban dando saltos de izquierda a derecha. Pasaban la película francesa *La ruta sin fin* de Marcel L'Herbier, doblada al español. Josefa empezaba a identificarse con la protagonista, desgarrada entre dos hombres, cuando empezó a retorcerse de dolor en la butaca. La ropa le apretaba, encajada, comprimida en una tentativa de elegancia y ocultación de sus michelines. Cuando sus intestinos amenazaron con traicionarla, puso fin a la proyección, despidiéndose de su galán con la excusa de un acceso repentino de fiebre. Caminó a toda velocidad expulsando gases hasta su casa; le daba vueltas la cabeza.

Cuando por fin se quitó los zapatos, Josefa era la viva imagen de la derrota. Se miró los pies y se puso a llorar. Estaban tan apretados en sus hermosos zapatos negros que parecían dos redondos de ternera poco hechos que acabaran de desatar. La pedicura con esmalte rojo que le había pagado a Guadalupe la Cubana no embellecía sus dedos morcillones y violáceos. Sus pies más hacían pensar en una carnicería que en el ornato. Lloraba de vergüenza, ella, que había sido una de las prostitutas más prometedoras de Bermeo. No era una mujer de belleza espectacular, no. Su rostro, su cuerpo o su forma de moverse no eran demasiado agraciados. Tampoco es que fuera fea, una morenita guapa de ojos color de avellana y piel lechosa pero unos pechos que hacían perder la cabeza: hubiera podido dar de comer a una tropa de niños y de hombres hambrientos. Sin duda alguna, la talla de sujetador de Josefa era la mayor de toda la comarca.

Bajó a Bilbao a los veintidós años con la esperanza de encontrar un rico protector que la cubriera de oro y la invitase a comer en los mejores restaurantes de la ciudad. En el autocar Hispano Suiza, dejando a sus espaldas la aldea de pescadores, ya se veía degustando kilos de percebes, su manjar favorito. Para ella no había nada más delicioso. Le encantaba despegar cuidadosamente la uña, observar el chorro de agua salina y arrancar con los dientes el crustáceo de diabólico parecido con un pequeño pene marinero. El caso es que Josefa no encontró a un hombre rico y loco por ella, lo bastante como para llevarla todas las noches al Rimbonbín. Había mucha competencia entre las putas de Bilbao. En cambio, había alquilado un minúsculo estudio amueblado en la calle San Francisco, paralela a la calle de las Cortes, donde se refugiaban las mujeres de vida alegre y los drogadictos. Este barrio, conocido como la Palanca, en la parte alta de la ciudad, sobre las vías del ferrocarril y la elegante estación de Abando, tenía fama de ofrecer lo mejor de lo mejor en términos de prostitución de toda España. En la habitación de Josefa, que era la única del piso, un potente olor a neroli apestaba como si hubiera escondido en algún sitio un naranjo de flores marchitas, casi podridas. En realidad, el falso olor a limpio procedía de tres jabones escondidos en el cajón donde guardaba las bragas, los sujetadores gigantes y la documentación.

Cada tarde, Josefa empezaba su jornada en clubes y hoteles de paso. Los taxis y los coches de lujo iban y venían. Con una sola mirada podía identificar a su próximo cliente, que la seguía por acuerdo tácito. Como preámbulo, le pedía que se lavara cuidadosamente los cojones en el bidé del cuarto de hotel. Ella misma estaba irreprochablemente limpia. De adelante hacia atrás, se limpiaba los orificios antes de hacer nada. Había elegido este trabajo porque era rentable y a veces, no muchas veces, pocas pero algunas, le daba algo de placer. Sobre todo le hacía feliz atiborrarse de comida tras las felaciones y el sexo a cuatro patas. Su ecuación diaria consistía en llenarse por abajo y luego por arriba: dulces, churros que le gustaba mojar en el chocolate espeso de las nuevas cafeterías de moda.

Josefa tenía un puntito, esa facundia vasca tan particular. Nada le gustaba más que burlarse de los hombres con sus compañeras: fantasmones, guaperas, ricos, pobres e idiotas. Todos ellos eyaculadores precoces, infradotados, impotentes incluso. También se metía con los clientes regulares, eso mejoraba considerablemente su disposición en estos tiempos confusos de posguerra.

En cambio, con Julián no gastaba bromas. Era una persona sensible. Quería mucho al joven carpintero asmático, aunque no estuviera demasiado dotado para el sexo. Cuando venía a verla, nunca olvidaba traer la merienda, una gruesa palmera de hojaldre con glaseado blanco, que sujetaba entre los dedos con una servilleta de papel tan fina y tan empapada de almíbar que se transparentaba. Ella le chupaba las manos, devoraba su regalo y se ponían en marcha. A menudo se preocupaba por los pitos de sus pulmones mientras las caderas se sacudían unas contra otras. No es nada, es por el polvo de la madera, decía. Entonces Josefa rezaba por él y le reconfortaba encajándole la cabeza entre los senos mientras recuperaba el aliento.

A pesar de ganarse la vida con el culo, Josefa era piadosa. Iba a misa los domingos y también había logrado resistirse a los vapores del alcohol, que sin embargo le hubiera ayudado a encajar los asaltos de esos hombres en busca del éxtasis que les negaban en casa. Los días buenos, se convidaba a unas sardinas asadas en Portugalete, con Guadalupe la Cubana. Escupían al suelo las finísimas raspas asesinas, cantaban el último éxito de Mari Paz, con los dedos relucientes de aceite y la panza llena de cerveza. Hacían la digestión contemplando la barquilla del puente transbordador de Vizcaya ir y venir de la margen izquierda a la de los ricos, en Getxo.

Josefa tenía pasión por las joyas, era su verdadera debilidad. Se arruinaba por unos brillantes. Llevaba una sortija en cada dedo y el menor de sus gestos ponía en marcha una serie de ruiditos metálicos que le parecían deliciosos. Llevaba alrededor del cuello un hilo de perlas, enredado con una cadena de oro de la que colgaba un grueso medallón dorado con un relicario en el que cabían dos fotos. El de Josefa solo incluía entre sus senos una imagen, la suya, su retrato a los veinte años en blanco y negro. Ya no se parecía en nada. Solo tenía cuatro años más, pero había que contar los treinta kilos adicionales. Durante un tiempo pensó que era por lo que le gustaban los fritos y los pasteles, pero pronto tuvo que rendirse a la evidencia: estaba embarazada.

A pesar de las decocciones de artemisa o de enebro, las duchas vaginales con cocacola o las laminarias, no consiguió librarse de él. Pensaba que lo había conseguido al menor dolor abdominal, pero lo único que obtuvo fue fiebre y una diarrea terrible que le duró varios días. El feto se aferraba mientras ella se hundía en una tremenda depresión y un aumento de volumen indiscutible. Como era golosa, no paraba de comer en todo el día. Ya no conseguía suficientes polvos, ni tampoco pesetas. El embarazo la había desfigurado: manchas oscuras, retención de agua, estrías, hemorroides, varices. Se arrastraba, como si la estuvieran castigando. El castigo más violento para una puta. Su reflejo en el espejo, en los escaparates, en los retrovisores de los coches le daban ganas de morirse. Una mañana pensó sinceramente en tirarse del puente de Deusto. Entonces se vio flotando como una ballena, recorrer los meandros del Nervión y acabar en el océano, el mismo que había devorado a sus antepasados, tíos abuelos, primos, hermanos. Las mujeres más desesperadas ponían fin así a su vida. ¿Por qué ella no? Lo pensó, pero se echó atrás cuando recordó que al otro lado de ese puente estaba la mejor heladería de la ciudad. Apartándose de la barandilla, no dejaba de pensar en su lengua lamiendo una leche merengada con aroma a canela y limón.

Tras convidarse a un helado, siguió paseando delante de los escaparates de los joyeros de la Gran Vía. Se le caía la baba ante los solitarios, los pendientes de coral, los broches de jade y marfil, mientras lamía la nata apretando el cucurucho con la mano regordeta.

Al atardecer no dejó de pasar ante la pequeña iglesia gótica de San Francisco de Asís. La visitaba a menudo con el fervor de los culpables. Si le quedaban valor y monedas suficientes, entraba y ponía una vela a la Virgen. Con su voz interior jadeante, rezaba. No se atrevía a pedir un aborto espontáneo, tenía miedo y sabía que estaba muy mal querer deshacerse de la pobre criatura que vivía dentro de su barriga imponente. Josefa tenía miedo del cielo, de los ángeles, de los curas y del *demonio*. Sabía que era un pecado con patas, que persignarse diez veces o incluso beberse el agua bendita no podría lavar la mancha de su trabajo vil o de sus pensamientos infames. Pero rezaba, no obstante.

Lo que permitió nacer a su bebé, un 28 de junio de 1943, fue sobre todo el terror a las agujas y a la sangre. La matrona le preguntó a Josefa cómo pensaba llamar a este hermoso muchachito, mientras se lavaba las manos.

Josefa presumía que sería hijo de Julián, su cliente fijo, así que le dio su nombre, sin pensárselo demasiado y sin más ceremonia.

Julián es mi padre.

5

Cuando era pequeña tenía una enfermedad secreta.

En cuanto me quedaba sola en casa mucho rato, rebuscaba compulsivamente. Con nerviosismo. Sin parar. Por todas partes. Tenía la obsesión del tesoro escondido. Debí ser roedor o foxterrier en una vida anterior.

El miércoles, mientras mi madre echaba horas en la joyería (teníamos muchas joyas robadas) o en el estanco (jamás pagué un sello o una tarjeta de teléfono durante años), yo me quedaba viendo la tele. Cuando empezaba a aburrirme con *La casa de la pradera* me ponía a leer. Luego, cuando ya me ardían los ojos a fuerza de recorrer mis libros juveniles desgastados hasta límites insospechados, me ponía a revolver por la casa. En la cómoda, entre la ropa interior y los camisones de mi madre, siempre me detenía a leer el libro de familia, desplegar los viejos documentos consulares, traducidos y sellados. Estos vestigios españoles me recordaban mis orígenes, pero también lo viejos y arrugados, casi transparentes, que me parecían, la huida de mis padres y su vida de antes. Luego me metía literalmente en los armarios, me deslizaba tras la ropa colgada y registraba todo. Y un buen día, mi encono tuvo su premio.

Descubrí cinco botellas de cristal de un litro y medio cada una. Habían contenido zumo de naranja. Nada del otro mundo, pero tras la imagen del cítrico cortado en dos, estaba el botín de mi madre. Las botellas, bien tapadas, estaban llenas hasta arriba de monedas de diez francos. Las saqué y una locura se apoderó de mí. Las volqué una tras otra sobre mi cama, hasta obtener el mismo montón dorado que codiciaban el Tío Gilito o el avaro Harpagón. Sumergí las manos dentro. Era un placer ver desaparecer mis dedos en este montón de dinero. Nunca había visto tanto junto. Durante una hora mezclé las monedas, las acaricié y me quedé con diez, que equivalían a cien francos. Y volví a dejar el tesoro de mi madre tal y como estaba, en el fondo del armario, antes de volver a encender la tele. Para relajarme, me bebí un buen trago de jarabe para la tos NeoCodion, que estaba sobre la cómoda. Me gustaba su sabor a caramelo y su efecto de *marshmallow*. Me transformé en algo blandito, me hundí en la cama y me dormí sonriendo delante de la tele.

Era la bella durmiente de mi reino, había fotos mías por todas partes: las fotos del colegio enmarcadas, una foto en el restaurante chino, fotos de cuando era un bebé. Siempre parecía feliz. Sincera. El aparador, los estantes, la cartera de mi padre: mi imagen estaba en todas partes. Fondo coloreado, camiseta de poliéster, el pelo como una cortina, mis dientecitos de porcelana brillando en el papel cuché. Nuestro hogar en el corazón del teatro era un altar en honor de mi efigie, niña morena con flequillo torcido, trenza gruesa que bajaba hasta la cintura y ojos verdes con una sonrisa amplia que me arrugaba las comisuras de los ojos. Era la niña más feliz de la guardería. Parecía una desaparecida.

Mis cumpleaños estaban ampliamente documentados en papel Kodak Royal. En la imagen nunca aparecían amigos o compañeros del colegio. Siempre rodeada de viejos, personas fumando, bigotudos, mujeres con permanente y rímel azul. Año tras año aparece un viejo desdentado con chapela, Txema, sonriendo con las encías, la tez cenicienta, un auténtico cuadro de Goya. No hay tías, tíos, primos o abuelos. No hay familia. Éramos un racimo humano de inmigrantes españoles que se habían conocido en París. Yo era su excusa para ponerse la ropa de los domingos, sacar el champán barato y los puritos. En las fotos a veces aparecía otro niño, tan perdido como yo entre los adultos, jamás un compañero de clase, solo la hija de unos amigos de mis padres o del tendero de la esquina.

Cuando cumplí once años, decidí que ya estaba bien de no tener una fiesta de cumpleaños como todo el mundo. A finales de octubre, una semana antes de la fecha fatídica, fabriqué en mi rincón invitaciones con unas cartulinas que había robado en las oficinas de la dirección. Hallmark de artesanía. Escribí en mayúsculas, con corazones, estrellas, soles y un arco iris.

INVITACIÓN AL CUMPLEAÑOS DE MARÍA
MIÉRCOLES 2 DE NOVIEMBRE
4 BIS, RUE DE LA MICHODIÈRE, 75002, PARÍS

Hasta ese momento solo me habían invitado una vez al cumpleaños de un niña del colegio, cuando Midori cumplió ocho años. La fiesta era en el McDonald's de Les Halles. La M amarilla llena de curvas sobre fondo rojo tenía sobre nosotros, los niños, el mismo efecto que Jesús en la cruz para un testigo de Jehová. Descubrí el *cheeseburger* del simpático restaurante americano al mismo tiempo que Midori se convertía en mi mejor amiga para toda la vida. Había desembarcado en el colegio como un alien, a mitad de curso. Era japonesa y brasileña y solo hablaba portugués. Había encontrado una aliada en babi entre los niños de Saint-Roch, en ese mar de niños en vaqueros y niñas en vestido de nido de abeja. Cada invitado a la fiesta se llevaba de regalo un muñeco de plástico de los alegres amigos de Ronald. A mí me tocó Hamburglar, el ladrón de hamburguesas, el bandido, el fuera de la ley. Al ver su traje de rayas blanco y negro y el antifaz de héroe que le ocultaba los ojos, sabía que él y yo estábamos en el mismo bando.

Para mi propia ceremonia de cumpleaños soñaba con niños y niñas bailando a mi alrededor, quería una celebración con gran pompa. Había nacido un 2 de noviembre, el mismo día que María Antonieta. Había descubierto esta gemelidad en uno de los escasos libros de nuestra biblioteca familiar: una especie de almanaque histórico clasificado entre la biografía del Che Guevara y *Las mocedades del Cid*. Delante de los libros, mi padre había colocado sus dientes en exposición. Los tenía tan estropeados que se los había arrancado a mano, uno tras otro. Ahora llevaba una dentadura postiza arriba y otra abajo. Los diez dientes estaban colocados, uno tras otro, como trofeos, sobre el estante de metal negro. Por lo tanto, debía mover los raigones renegridos para sacar el libro que daría un sentido a mi fecha de nacimiento.

Al descubrir esta coincidencia, en mi cabeza, me convertí en hermana gemela de María Antonieta. Compartíamos esa fecha macabra, el día de difuntos. Y un nombre compuesto bastante tonto, pues mis padres me llamaban María Victoria. La austriaca guillotinada y yo, reinas ensangrentadas, conservaríamos la dignidad tomadas de la mano.

Cuando repartí las invitaciones al día siguiente en el patio del recreo, empezó una discusión de niñas entre Sandrine y Vanessa. Sandrine afirmaba que era más pobre que yo. Vanessa y yo no decíamos ni pío. Sus padres tenían un restaurante. ¡Y un Porsche! Sí, pero nuestro piso es muy pequeño, replicó Sandrine. Vanessa hizo las veces de mi abogada y afirmó que yo era la más miserable. Yo misma lo afirmé alto y claro.

—Soy mucho más pobre que tú, ¿eres imbécil o qué?

Vanessa había venido a mi casa una vez, sabía dónde vivía y acumulaba los detalles miserables. No tienen Canal Plus. Ni lavavajillas, ni microondas, ni vídeo, ni ducha. ¿Te das cuenta? Y nunca viene a las excursiones. Su defensa insistente me hacía sufrir en silencio, porque en realidad no me gustaba ser española y pobre, soñaba con ser Sandrine y rica. Si nunca iba a las excursiones no era tanto por el dinero como por el terror parental a los corrimientos de tierras y los pedófilos. Cada vez que organizaban una me quedaba estudiando con una clase diferente de la mía.

Tras unos minutos de controversia, Sandrine aceptó que yo era mucho más pobre y ambas aceptaron venir a mi fiesta, recibiendo cada una la invitación multicolor.

El día en cuestión, miércoles 2 de noviembre, me había olvidado totalmente de aquello. Mi madre me llevó a la sección de juguetes de las Galeries Lafayette y me dejó elegir lo que quise. Me llevé una muñeca Barbie y un Popples, el mismo peluche que llevaba Cicciolina.

Por el camino de vuelta, corríamos con los regalos en la mano bajo una lluvia restallante y fría, deslumbradas por los faros de los vehículos de la rue du Quatre-Septembre. Al cruzar la frontera de la Michodière, nos encontramos, qué sorpresa, a mi padre en el bar. Con un vaso de vino tinto en la mano, nos llamó para contarnos que la pequeña Aurore había venido a casa por la tarde con su tata. Aurore afirmaba que estaba invitada a mi fiesta de cumpleaños. Se habían encontrado una casa vacía, sin fiesta, sin tarta, sin mí, y se habían vuelto a marchar. Me había olvidado de mi fantasía de fiesta, nacida una tarde de aburrimiento y de deseo. Apenas pude probar mi trozo de tarta, ahogada por la vergüenza de saber que mi compañera se había encontrado con mi padre y se había marchado como había venido, enfadada conmigo. Me lo haría pagar, estaba segura. Me pasé la noche imaginando la pelea del día siguiente. No obstante, me había dejado un regalo: una chaquetita abrochada con automáticos Agnès B. Aurore era hija de la famosa estilista, tenía muchísima clase y era la única niña que se había tragado mi cuento y había venido.

6

La mandíbula de Julián crujió, casi desencajada.

Carmelo, el médico de La Misericordia, le examinaba los dientes. ¡Dos caries! Una lengua blanquísima y el aliento muy cargado. El doctor hizo una mueca, cogió aire y volvió a internarse en la cavidad. Felizmente, el daño estaba en los últimos dientes de leche. Solo habría que esperar tranquilamente a que se cayeran solos. Sugirió a Julián que dejara de fumar tabaco de contrabando y que aflojara un poco con el vino del refectorio si quería conservar su hermosa sonrisa. A las chicas no les gustan los dientes podridos, afirmó don Carmelo. El médico siempre intentaba inculcar una cierta higiene a los niños de la Santa Real Casa de la Misericordia. El internado de Bilbao había sido un colegio y después una carnicería, antes de servir de refugio, de manos de las hermanitas de San Vicente de Paúl, a los hijos de los más pobres de la ciudad, así como a mendigos y vagabundos dispuestos a trabajar. Gimnasia diaria, comidas equilibradas, reconocimientos médicos, higiene corporal y salubridad; el eminente doctor se había impuesto como misión devolver a Bilbao unos ciudadanos en perfecto estado de salud. Los niños aprendían a leer, escribir, contar, pero también un oficio: panadero, carpintero, ebanista. La caridad cristiana era un pozo sin fondo.

Julián pasó la infancia y la adolescencia entre las paredes del edificio neogótico pegado al mítico campo de fútbol de San Mamés, donde jugaban los leones del Athletic de Bilbao. El equipo rojiblanco hacía las delicias de todos los niños. Desde las habitaciones del ala norte se podían ver los partidos, pues era un campo abierto. Una bendición. La pelota y los cánticos de la hinchada tenían más poder sobre la chiquillería que cualquier amenaza divina. Los hermanos también tenían su inclinación por el fútbol y cerraban los ojos ante los niños que contemplaban los partidos desde sus habitaciones. Las tardes de fútbol, Julián arrancaba meticulosamente algunas hojas de su cuaderno de matemáticas y se las metía en los bolsillos. Allí se quedaban hechas una bola todo el día, durante la misa, la comida, cuando jugaba al tenis de mesa (en el que era un as), hasta la noche. Entonces, Javier y él sacaban el tabaco y liaban cigarrillos con las ecuaciones y los teoremas. El papel era muy grueso y le costaba prender, había que intentarlo varias veces con el mechero. Tosían torpemente asomados a la ventana, pero de repente se sentían más fuertes, eran unos hombretones que hinchaban el pecho raquítico, llenándose los pulmones de humo. Escupían los trozos de tabaco que superaban la barrera del filtro de cartón. Dios, cómo disfrutaban. Cantaban a gritos cada gol, entre caladas y volutas de humo.

En una clase de ebanistería, Julián había tallado en un trocito de roble el escudo del equipo. Siempre lo llevaba en el bolsillo durante los partidos, con el cromo de Telmo Zarrao-nandía, su héroe. Eran sus amuletos durante la misa mayor.

Julián no salía nunca y recibía pocas visitas. A su padre lo había visto una vez en quince años. Compartían el nombre, los rizos morenos y la cara de guaperas, hasta que se quedó medio huérfano al cumplir los ocho años, por culpa de una gripe que resultó fatal. Josefa, su madre, venía un domingo al mes. Le llevaba sándwiches de pan de molde y mortadela, melocotones verdes y vino tinto. Josefa ahora bebía y necesitaba emborracharse cuando comía sentada en la hierba con su hijo, junto a las demás familias. A menudo no tenían nada que decirse. Josefa se sentía incomodada por esos ojos de perro apaleado que daban lástima. Esto no es un hombre, pensaba. Como nunca había sentido el famoso instinto materno, pensaba que seguramente no existiría, que serían teorías de los médicos para que las madres no tiraran a sus hijos por el desagüe. Durante mucho tiempo Julián esperó algo de su madre, pero nunca llegó a saber qué.

Un domingo, Josefa se presentó con el bombo. Había vuelto a quedarse preñada. A Julián se le llenaron los ojos de lágrimas. Intentaba no llorar, presintiendo que volvería a burlarse de él, *qué sensible, joder, eres una niñita.* Comían en el parque y Julián sonreía como nunca, encantado de tener pronto un hermano o una hermana. No se le ocurrió pensar que no conocería a su hermano hasta muchos años después, cuando abandonó la institución. Josefa los metió en dos internados diferentes. Nada de vínculos: a Josefa le horrorizaba la familia.

En la Misericordia, la vida era tranquila, pero el día de la procesión de Viernes Santo los niños estaban sobreexcitados.

Era la salida más importante del año, para admirar la procesión de la cofradía de Nuestra Señora de la Misericordia por las calles de Bilbao, acompañados por los hermanos Juan y Francisco. Los jóvenes se sentían impresionados por las hordas de hombres con capucha que caminaban en silencio, paseando en andas una pesada estatua que representaba a la Virgen María llevando en el regazo el cuerpo de Cristo descendido de la cruz. Toda la ciudad se echaba a la calle, los pobres huerfanitos desgraciados se mezclaban con las masas de fieles. Todos hermanos en la puesta en escena del sufrimiento. Julián había crecido con montones de misas, oraciones, confesiones y vigilias, pero siempre había sentido dudas. Solo los beatos y los imbéciles podían creer en estas aberraciones.

Un año, Julián aprovechó para largarse con Javier. Los hermanos Juan y Francisco veían cada vez menos y los niños solo pensaban en una cosa: ir a ver a las prostitutas. El fin de semana anterior, Javier había robado dinero a sus padres. Esta escapada era su única posibilidad de tener una experiencia más allá de las pajas. Don Eladio, el padre de Javier, lo decía una y otra vez: Bilbao tenía las mejores putas de la península.

Los dos compadres se escabulleron y corrieron tanto que en cada esquina de la ciudad escarpada estaban a punto de partirse la crisma. Tras unos minutos de carrera entre la multitud lenta y penitente, llegaron a la Palanca. Los dos muchachos célibes se detuvieron de golpe, ya no parecían tan dispuestos rodeados de hombres de piel oscura y mujeres de pechos generosos; el aroma del sexo y el placer invadió sus fosas nasales. Inmóviles, escrutaron los rostros, había mujeres en cada puerta, cada umbral estaba enmarcado por dos pares de piernas empaquetadas en medias de seda. Morenas, rubias, gordas, viejas, guapas, feas, había para todos los gustos. Javier se quedó mirando a un travestí. El hombre con peluca le preguntó:

—¿Qué pasa, que no te gustan mis tetas?

Javier, contra todo pronóstico, le mandó un beso. Era un día para hacer locuras. Mientras toda la ciudad meditaba sobre sus pecados, profería excusas y perdones, *gracias, Señor, gracias, Santísima Virgen, Dios te guarde,* con cara de circunstancias ante la Pietà, los dos compadres babeaban de deseo.

—¿Con cuál te quedas? Toma esto.

Javier metió un puñado de pesetas en las manos de Julián.

—¿Nos vemos aquí en una hora?

Julián avanzó nervioso por la calle de las delicias. Iba mirando a derecha e izquierda, ojos, bocas, un mentón, una frente, un culo, todo se arremolinaba a su alrededor. La emoción del joven imberbe fragmentaba su perspectiva. La respiración de Julián se congeló al reconocer el rostro de la mujer que le había traído al mundo. Su madre estaba allí, sujetando la pared, casi desnuda. No cabía duda alguna sobre lo que estaba haciendo y la verdad cayó sobre él como un rayo. Su diafragma se colapsó y el flujo de sangre fue como un mazazo en su corazón.

Decía que era pobre, su madre. A la luz del ocaso, no se parecía en nada a la que pasaba a verlo un domingo al mes. Era ella, pero al mismo tiempo no era ella. Siempre lo visitaba vestida de harapos, de cualquier manera. Y ahora, tenía delante un despliegue de raso, rejilla, joyas doradas, permanente, maquillaje y lujuria.

Julián dio media vuelta, hoy no iba a cabalgar entre dos muslos. Sin levantar la vista del suelo, hizo el trayecto inverso, sin esperar a su compadre. Caminó por Bilbao hasta encontrar, con cierto alivio, el verde jardín a la inglesa de su hogar.

Allí, por fin, el hijo de puta recuperó el aliento.

Con la nuca rígida y la espalda encorvada, apenas sí conseguía respirar. Era como si una madeja de algodón se le hubiera infiltrado entre los bronquios, dejando apenas un hilillo de aire entrar y salir. ¿Cómo podía la vergüenza y la desesperación transformar la estructura del oxígeno?

A la mañana siguiente, tras gritar a pleno pulmón en el refectorio «Joder, me cago en Dios», lo expulsaron. La hermana que estaba de servicio aquel día se quedó tan impresionada que dejó caer al suelo un enorme montón de platos. Gran estruendo de loza blanca, fideos por el suelo, un charco de sopa. En este olor de sal, pan blanco y vino tinto, gritó: «Santa María Madre de Dios», persignándose una y otra vez como si fuera una máquina de rezar. La sentencia no tardó en abatirse sobre él: «Julián, te vas de aquí».

La liberación lo convertía en un adulto. Se acabaron las matemáticas, se acabaron las manos babosas del sacerdote mientras lo confesaba en nombre de Cristo, el Espíritu Santo y el Niño Jesús crucificado en calzoncillos. Cruzó la puerta con una sonrisa y juró que no volvería.

Entonces Julián decidió alistarse en la Marina, en Galicia. Rumbo al oeste, rumbo a América, casi.

Que le den por culo a San Ignacio de Loyola.

7

Victoria tenía sus responsabilidades. Y diez hermanos.

Los once hijos de Dolores y Santiago eran una pandilla de desgraciados. Victoria era la portera, ella encajaba todos los golpes. Su vuelta al regazo materno había sido un castigo, su madre la odiaba y no lo ocultaba. Su padre, pescador embrutecido por el aguardiente, con el cerebro tan salado como el bacalao, la deseaba. Victoria se sacrificaba en el altar del deseo paterno, pensando en salvar de ese trago a su caterva de hermanos inocentes. Como un animal enjaulado, conocía las defensas necesarias para evitarles este doloroso destino.

Cada mañana se levantaba la primera y se marchaba corriendo al camino rocoso. Reducía la marcha cuando había dejado muy atrás el cubo de hormigón. La fuerza de gravedad cambiaba, Victoria era más ligera. Cada paso era un paso de baile. Se elevaba, desplegaba su metro cincuenta y tres. Cuando cantaba una canción gallega que hablaba del viento, las nubes, las rocas, la soledad del océano, crecía hasta convertirse en una giganta. Escuchaba repiques de campanas. Silencio, campanilleo, tres toques, silencio, toque a rebato, era la señal de su cita diaria con Rosalía en el cruce de caminos de piedra. Las dos muchachas caminaban por la carretera asfaltada del pueblo, felices de estar ahí, la una para la otra. Bajo el orballo, ambas acurrucadas en una chaqueta de paño negro, Rosalía enseñaba gallego a Victoria. Hasta entonces, en el convento, Victoria solo había hablado castellano con las monjas. El gallego estaba prohibido. Se había sentido doblemente extranjera al volver a la horda familiar, entre desconocidos que ladraban en ese idioma desconocido y antiespañol.

Después del paseo con Rosalía, Victoria servía en una casa de la aldea: limpiar y planchar. También preparaba la comida y luego se marchaba a otra casa, donde repetía los mismos gestos hasta la noche. A Victoria le gustaba su trabajo y las tareas sin fin; disolver la suciedad, planchar jaretas y quitar el polvo la libraban del mal. Se aplicaba porque sus señores la querían y ella los quería también, perra fiel a la mano que la acaricia y le da de comer.

Cada noche, sin hacerse preguntas, volvía a la casa de cemento. Hubiera podido huir, pero una fuerza sobrenatural la atraía hacia el caos. Por el camino de vuelta se iba haciendo más y más pequeña, encorvándose a medida que avanzaba por las piedras. Ya no había nubes, viento o cánticos: se concentraba en la punta de sus pies que sufrían mientras se acercaba al agujero.

Para adaptarse a esta vida, el cerebro de Victoria se había modificado: en lugar de crecer, ensancharse o soñar, se reducía. Todos estos trabajos, colisiones y agresiones habían modificado sus sinapsis, su actividad neuronal iba disminuyendo. Victoria casi no dormía. Hipervigilante, temía los escasos momentos en los que se amodorraba, pues la asaltaban pesadillas violentas. La estructura de su hipocampo y sus hormonas le jugaban malas pasadas. Victoria se puso a tartamudear, a buscar las palabras adecuadas, tropezando como si hubiera olvidado el sentido del lenguaje durante sus noches en blanco. Tenía que hablar rápido, escupir las palabras como si fueran pipos de naranja. Se concentraba tanto que perdía el hilo de lo que quería decir. Con Rosalía le costaba menos expresarse. Era su primera y auténtica amiga. Hermanas de combate, las dos morenitas llevaban una vida simétrica y tenían la regla al mismo tiempo, con precisión milimétrica. Cómplices, se frotaban vigorosamente los riñones para deshacerse de sus violentos dolores. Compartían los restos de comida que les daban sus señores y los devoraban en el puerto de Gateira, mirando hacia Ferrol y su célebre y temido hijo predilecto, el nuevo líder de España. Un líder gallego que había ganado la guerra. Conociendo a los hombres de sus familias, sospechaban susurrando que Franco debía de ser un auténtico hijo de puta. Más bien fantaseaban con los marineros del arsenal que llegaban de toda España. Soñaban con cruzar en barco algún día a la ciudad, hasta ellos y sus uniformes.

A Victoria le encantaba cuando Rosalía le contaba su peregrinación de los tres deseos, suplicaba a su amiga que le contara todas las etapas del itinerario mágico. Rosalía sabía que su relato nunca se desgastaba para su amiga, que una y otra vez resonaba como una historia inédita. Victoria se decía que algún día ella lo haría también, cuando se librase de su clan feroz. Intentaba memorizarlo todo. Para empezar, ir a la ermita de Chamorro, encender una vela, rezar a la Virgen. Luego ir a la ermita de San Andrés, sin mirar hacia abajo, pues es el acantilado más alto del mundo. Delante de la ermita colocar una piedra, porque a San Andrés *vai de morto o que non foi de vivo,* transformados en reptiles. Finalmente, bajar por las callejas que llevan al santuario y comprar amuletos de pan: el barco para llegar a buen puerto, el santo, por la amistad y la salud, la paloma por la paz, el pez para que no falte de comer y la flor, símbolo del amor. Rosalía repetía cómo había desmigado un panecillo pintado en la fuente del santo para pedir el último deseo.

A Victoria solo le quedaban como amuletos las clavellinas de mar secas que escondía bajo la ropa interior, *herba de namorar.* Las recogía cada día de primavera y verano en los senderos de la costa, donde se detiene el salitre. Fabricaba un ramillete efímero, pero cargado de esperanza. Algún día vendrá un hombre y se la llevará, hará desaparecer el sufrimiento que desgarra su vientre y su corazón.

Cuando Victoria contemplaba el movimiento de las olas y las velas de los barcos, se acariciaba el labio con el pulgar, dibujando una cruz, una y otra vez, murmurando una nueva oración que no tenía nada que ver con la Virgen: marcharse y no volver nunca más.

A pesar de las ojeras, la erosión del amoniaco, la sosa y la lejía, la joven gallega conservaba su belleza luminosa, casi irreal. En cuanto a Dolores, envejecía, pero dormía cada vez mejor y se iba amansando gracias al sueño recobrado. Y así era mejor madre para los niños que iban llegando. Era gracias a Victoria, que sufría el acoso del padre, liberando por fin a su mujer de la violencia cotidiana.

¿Protegieron las oraciones diarias de sor Isabel a la pequeña Victoria? ¿Fue la habilidad de Santiago para retirarse a tiempo?

El caso es que la adolescente nunca se quedó preñada.

8

Julián había logrado hacer frente a su madre la puta.

Gracias a setenta y cinco centilitros de vino, le había sacado un buen puñado de billetes, como buen proxeneta en devenir. Se lo debía. La vergüenza de ver cómo su progenitora ofrecía el culo a los desconocidos, mientras que él estaba en un orfelinato a la merced de curas sodomitas tenía un precio. Ya era muy generoso por permitirle pagar su deuda con tanta rapidez. Tenía una justificación: necesitaba dinero para empezar su nueva vida. Estaba en la calle, expulsado de la escuela, ebanista a medias y alcohólico del todo. O bien le daba dinero o tendría que irse a vivir a su casa. Sabía que apostaba fuerte, pero era buen jugador. Una vez planteada la situación, esperó nervioso en el pasillo. Josefa, sin abrir la boca, sudorosa y aterrorizada, hurgó en el cajón de la cómoda y se puso a contar monedas. Julián no se atrevía a poner los pies en la habitación de la madre indigna, pues la cabeza se le llenaba de imágenes obscenas y la garganta, de arcadas. Julián tenía más labia de la que le correspondía por su edad, pero para asumir la dura verdad en el fondo era un niño pequeño frente a su *puta madre,* sin desvirgar, sentimental y abandonado. Al darle el dinero, la madre también daba una respuesta silenciosa a su hijo: no lo quería en la casa. Él no le dio las gracias, se metió los billetes en el bolsillo sin contarlos y bajó como un tornado las escaleras y las cuestas del barrio chino por segunda y última vez, antes de comprarse un traje en las tiendas de confección de las siete calles originales del casco viejo de la ciudad.

En la tienda de ropa, jugaba a ser un hombre adulto. Quería un traje negro, decía. Mi madre ha muerto. Eso justificaba sus ojos húmedos. Todavía estaba angustiado, el mamón. Con el corazón tan vacío como las tripas, el vino y la amargura le habían cocido las entrañas. Se detuvo en el café Iruña para comer unos montados de carne guisada. Y más vino. Rioja, esta vez. Ya no le quedaba casi nada del botín materno. Toda su vida Julián gastará cada moneda con rabia y precipitación. ¿Cuántos servicios, cuántas mamadas equivalen a un traje de lana, unos Camel y una botella?

Por fin se marchaba de Bilbao. En el petate que llevaba a la espalda iba un traje nuevo, cuatro camisetas y cuatro calzoncillos de algodón, de una suavidad y una blancura que pronto solo serían un recuerdo, y también una boina de lana gruesa de Casa Gorostiaga. Al menos podía presumir de sus orígenes vascos, su única herencia. Avanzó despacio, siguiendo la costa. En una aldea de pescadores encontró a un primo más o menos lejano que le dio albergue. Su mujer le invitó a quedarse. Julián tenía una mirada negra magnética y, desde que había abandonado el redil, se había dejado crecer el pelo. Ahora unos rizos negros se enroscaban sobre sus orejas pequeñitas, lo que le daba un encanto antiguo y una belleza primitiva. Además de su físico, tenía labia, jugaba bien a las cartas y enseñaba trucos de magia a su guapa prima a cambio de un potaje de bacalao y unas almejas. Con sus dotes de seductor, hubiera podido llevársela al huerto, pero no dejaba de presumir de sus principios y de su moral de *caballero*. En el fondo, solo había un miedo cerval a la gruta femenina.

Una mañana se marchó en el coche de un conocido hasta Oviedo, desde donde un autobús le llevaría a su destino final: el puerto de El Ferrol, donde embarcaría para hacer el servicio militar. Cuando llegó al autobús, contó el dinero que le quedaba y se dio cuenta de que se lo había bebido todo, no quedaba nada. Corrió a la pescadería y sacó una concha de vieira del cubo de la basura. Rascó los restos de carne y se fabricó un collar con un trozo de cuero. Sería su disfraz de peregrino indigente que se dirigía a rezar junto a la tumba de Santiago.

Ante la señorita de la taquilla, mientras preparaba su devoto personaje, se imaginó los peores sacrilegios, defecando una y otra vez sobre la hostia consagrada. Ella aceptó venderle un billete de ida a Galicia a mitad de precio y así San Julián pudo seguir viaje.

Galicia, Fisterra. Estaba llegando al fin del mundo. Una vez en el puerto, se dirigió al cuartel y se alistó con orgullo en la infantería de marina. Primero, por dos años, luego, por cuatro. Luego, por seis. Julián hizo amigos enseguida, gracias a su talento para el tenis de mesa y para el ajedrez. El vasco era popular, sobre todo con las jovencitas. En sus primeros permisos besó a algunas chicas, pero le entraban sudores fríos cuando se trataba de pasar a mayores. A decir verdad, en una calleja oscura no le apetecía: cada uno tiene sus manías. Romántico. Y, sobre todo, eyaculador precoz. Nada más empezar, se corría, cual guerrero frustrado. Cuando cumplió veinte años, solo había conseguido correrse en los calzoncillos.

Mientras tanto, Victoria y Rosalía habían conseguido salir ese 31 de diciembre de 1965. Se habían puesto sus mejores galas, lavadas y planchadas esa misma mañana. Todavía olían a jabón caliente.

¿Podría ir a celebrar la Nochevieja a Ferrol con su amiga Rosalía? Para que le dieran permiso, Victoria se había trabajado a sus padres varios días, piadosa y meliflua. También había añadido suficiente aguardiente en el café de padre y madre para facilitar las cosas. Con el aliento cargado de cafeína y de etanol, sus procreadores habían aceptado. Tras servirse ella también un minúsculo vaso de orujo para darse valor, Victoria había huido inmediatamente a buscar a Rosalía, que llevaba unos cuantos meses sisándole maquillaje a su señora: en octubre, lápiz de ojos, en noviembre polvos, poco antes de Navidad un trocito de una vieja barra de labios. Se maquillaron en el asiento de atrás de del coche del tío de Rosalía, que se iba a trabajar a la ciudad y había aceptado llevarlas.

Victoria no necesitaba maquillaje para ponerse guapa, pero el poco carmín que se aplicó en los labios y el lápiz negro con el que remarcó sus ojos verdes con reflejos dorados tuvieron un gran efecto. Aquella noche, todos los tíos, excitados por la euforia de la Nochevieja, la miraban y se daban la vuelta cuando pasaba. A ella le entró risa nerviosa cuando un hombre la silbó. Caminando por la calle de Castilla comprendió de repente lo que estaba pasando: era guapa y parece que tenía algún poder sobre los hombres, no solo sobre su padre. Temblaba, un poco por la hipoglucemia, mientras Rosalía la acribillaba a preguntas: «¿De verdad te parece que besaremos a un chico esta noche? ¿Sabes cómo se hace? ¿Te da miedo? ¿Cómo volveremos a casa?». Deambulaban por los muelles sin dejar de hacerse preguntas. Bajo la luz dorada de las farolas, todo era nuevo para ellas. La música resonaba en la rada. Era fiesta, víspera de promesas y deseos de año nuevo. Victoria solo contestó una cosa: «Tengo que comer algo o vomitaré, estoy demasiado nerviosa para aguantar con el estómago vacío».

Estaban pidiendo de comer en la barra de un bar de marineros cuando entró Julián. De un vistazo localizó a Victoria y no tardó nada en decirle a su compañero Alberto que se acababa de enamorar. Se acercó a ella mientras comía con avidez y sin delicadeza trozos de pulpo aceitoso espolvoreados con pimentón. Le pagó un vaso de vino blanco. Ella se rio como una niña con cada una de sus bromas. Lo miraba fijamente cuando hablaba. Era el chico más guapo que había visto en su pequeña vida. Se besaron pasada la media noche y, en un solar, Julián perdió su virginidad con ella. Luego lloró, con la cara escondida en su cuello. Unas semanas más tarde, Victoria se lo presentó a sus hermanos y a sus padres. Cuando se dio cuenta de que se llevaba bien con Jesús, de que no se burlaba del *idiota,* estuvo segura de que lo amaba de verdad. Santiago no volvió a decir una palabra y un ictus fulminante lo dejó paralítico. Dolores se alegraba. Por fin podría librarse de aquella excrecencia que siempre había sido su hija mayor. Y además le gustaba ese vasco tatuado, era guapo, no demasiado *cabrón.* Incluso había conseguido hacerla reír, a ella, a la mujer más oscura y dura de toda la región.

Un mes después de conocerse, Dolores habló con Julián. Sabía que se habían acostado y pretendía que su hija, menor de edad, llevaba en su vientre a un hijo suyo y no le quedaba más remedio que llevarla al altar. Era su deber de hombre.

Julián se casó con Victoria un 19 de agosto. Seguía sin estar embarazada.

9

Era el verano de 1989.

Mi padre estaba en la barra del bar La Côte d'Azur, en la esquina de las calles Quatre-Septembre y Michodière. El barrio estaba vacío, las oficinas cerraban en sábado. Para encontrar animación, había que irse más lejos, al boulevard des Italiens, donde estaban las salas de cine y los restaurantes.

Yo estaba sentada en un taburete, hija fiel de padre borracho. Tenía los muslos sudorosos y pegados al escay, escuchaba *Boulevard des hits* en mi tesoro más preciado: el *walkman* Sony. Milagro de la modernidad, tenía *auto-reverse,* lo que me evitaba tener que dar la vuelta al casete. Solo tenía que dejarme llevar, la música no se paraba nunca. *Je te survivrai, Aimons-nous vivants, Y'a pas que les grands qui ont des sentiments, Give me your hand, Welcome to the Hotel California.* Estaba hipnotizada por el espejismo que condensaba el calor canicular, la perspectiva de la calle se deformaba, la ciudad se convertía en una sucesión de olas y el hormigón iba y venía. Mi padre, con los labios bermellón, los ojos brillantes, la frente húmeda, hablaba con Gérard, el dueño del bar, pero yo no oía nada. Seguía bebiéndome mi granadina con pajita y estaba llegando a la mejor parte, cuando el jarabe rosa y azucarado no se ha mezclado del todo con el agua con gas, densa y salada. Tenía el volumen del *walkman* al máximo cuando vi a mi padre salir del bar dando tumbos. Inmediatamente comprendí que tenía que ir detrás y salté del taburete. No estaba volviendo a casa, solo miraba fijamente un punto invisible. Yo le seguía como un subalterno, soldadito de *saloon*. Pausé la música. La pinta de mi padre era un signo de mal augurio. Manos en las caderas, movimientos laterales de la mandíbula. *¿Estás viendo la rueda del autobús, Gérard? ¿Cuál prefieres, la izquierda o la derecha? Vamos, déjalo, no seas gilipollas, Julián.*

Estaba hablando de una señal azul en la que había un autobús blanco dibujado. Mi padre apostaba a que iba a meterle una bala en el mismo círculo de la rueda. *¿Por qué? ¿Pourrrrquoi pas?,* cortó con su burdo acento español. La tasa de humedad, la canícula y las uvas putrefactas se le habían comido el cerebro.

Se fue solo hacia el teatro. *No te muevas.* Obedecí, me quedé ahí plantada en la calle, pero los dientes me castañeteaban. Se me congeló la transpiración en un instante. Volvió con un revólver y el muy imbécil disparó. Y la bala atravesó la señal, en el mismo blanco, como si estuviéramos en un espagueti wéstern. Yo miraba la señal fijamente, con extrasístoles en la tráquea y un zumbido en los oídos. No me atrevía a mirar al tirador de élite.

En casa había fusiles, sables, puñales colgados de la pared. Estaba acostumbrada a las armas, pero durante esta enésima demostración de su violenta voluntad de dominio, descubría una nueva pieza de la colección, un revólver. El calor transformaba el asfalto en una materia blanda, el boulevard Haussmann daba vueltas, los edificios eran una pasta fluida y gris. Un dolor me retorcía las tripas y los tímpanos. El silbido me duró unos días. Nunca supe qué había ganado mi padre al dar en el blanco, pero el comienzo de las vacaciones, que estaba previsto para el día siguiente, se desarrolló bajo los mejores auspicios.

Todos los veranos íbamos a Bilbao. Pasábamos ocho horas en el vagón de fumadores de un tren que nos llevaba desde la estación de Austerlitz a España. Una nube de cenizas sobre el tío Gilito, Mickey y Donald. Bajábamos en Irún, donde estaba la frontera, ante los ojos de la Guardia Civil y su uniforme de color caca verdosa. En la cola de la aduana, aunque no tenía ni diez años, ya me sentía culpable, aunque no sé de qué. Me sentiré culpable toda mi vida ante las puertas de los grandes almacenes, del aeropuerto, frente a la policía, los profesores, los controladores y los directores.

Cuando mi padre llegaba a Bilbao, tenía la impresión de estar viendo a una estrella de cine. Se ponía su Lacoste nuevo, y llevaba los bolsillos llenos de billetes, centenares de francos que cambiaba por miles de pesetas. Un año de trabajo se transmutaba en restaurantes, chuletones, helados y regalos. Vivíamos como los ricos, pero todo el barrio se burlaba discretamente de nosotros, éramos los *pijos,* los burgueses, los *franchutes.* No éramos de allí. Yo era consciente de la mirada de los otros niños. Teníamos la misma edad y, sin embargo, no teníamos nada que ver. Yo quería ser española como ellos, pero no era capaz. Juzgaban mi acento, me calibraban, pero yo era hábil. Para integrarme, repartía a manos llenas entre los chicos del barrio gominolas, bolsas de patatas fritas, prestaba mi Game Boy a quien la quisiera. Me pasaba la vida en la calle y era tan feliz en los solares llenos de jeringuillas como en los humildes huertos de dignas propietarias de un gato. Me subía al portaequipajes de las bicicletas de los chicos, con las piernas morenas como salchichas de Frankfurt, con el corazón latiendo como si fuera una modistilla. Mi madre vivía su vida, mariposeaba con su rímel azul. Como no había nada que limpiar, la asistenta se transformaba ante mis ojos en mujer moderna.

A menudo, mi padre me obligaba a cruzar la ciudad con él. Me llevaba a bares independentistas, que eran como su iglesia. Solo tenía una religión, la ETA, lo único en lo que creía, la independencia del país en el que nació, una victoria arrancada por las armas, las bombas y los rehenes. Cada verano compraba una camiseta de propaganda a cada miembro de nuestra banda de pacotilla. Una L, una M y una XS, la ikurriña verde, blanca y roja, *Euskadi ta Askatasuna,* Libertad para el País Vasco. Como un minusválido del verbo original que era, hijo ultrajado del franquismo, no hablaba euskera, pero le gustaba la violencia y la rebelión. Me repetía sus apellidos de los que estaba tan orgulloso, la única prueba de sus orígenes. Mi madre compraba estampitas y embutido envasado al vacío, mi padre se traía *merchandising* separatista. Euskadi para los vascos era como el mantra del emigrante que vivía en París y bebía burdeos en un restaurante griego propiedad de unos egipcios. Quería incrustar en mi cerebro el orgullo de la pertenencia. Eres vasca, no eres española.

Has nacido aquí. Como el primogénito de una familia vasca debe nacer en la tierra, aunque sean emigrantes, yo había nacido en Bilbao. Para honrar las tradiciones. Por eso mi madre y él habían vuelto aquí aquel mes de septiembre de 1979.

El año de mi décimo cumpleaños me arrastró por la ciudad sin descanso. Solo teníamos cuatro semanas de vacaciones para incrustar en mi memoria la cuna de nuestra familia. Deambulaciones concéntricas hasta el agotamiento. Tenía que aprender de memoria los nombres de las calles de Bilbao. Dando la mano a mi padre, veía cómo su tatuaje se balanceaba y ascendía al cielo cuando me señalaba un edificio muy alto: «Has nacido aquí». A mí me importaba un bledo, pero no a mis intestinos, que se retorcían ante la montaña de ladrillos rojos que me estaba señalando. El edificio ya no era una maternidad. Nada de bebés, otro bar en los bajos, como suele pasar en esta ciudad de mil barras y cafeterías innumerables en las que se juega a las maquinitas comiendo una tortilla densa y babosa. Yo me agachaba más de lo normal, intentando calmar mis tripas doloridas. El sufrimiento no se iba, pero como buen Sancho Panza, proseguía la caminata urbana junto a mi padre, Don Quijote, hasta la etapa siguiente: su colegio, la Misericordia. Estábamos frente a un edificio macizo y aterrador. Tras cruzar el jardín digno de un cuento de hadas macabro, pasar ante una fuente de cuatro pisos y un sauce llorón, nos deslizamos en su interior. Por los pasillos erraban ancianos en silla de ruedas o con andador y monjas blancas como fantasmas. Su internado se había convertido en residencia de ancianos. El olor agrio de los fluidos de los moribundos se me pegaba a la garganta. De golpe, mi padre se queda tieso y mira fijamente a una monja viejísima. «¿Sor Ángela?». La mujer tiene la piel y el cabello casi transparentes. Lo mira. «¿Julián? ¿Cómo es posible?». Acaba de encontrarse con la que lo expulsó cuando juraba por todos los santos en el refectorio décadas antes. No hay rastro de ira, los dos testigos averiados de un periodo que quedó atrás están emocionados de encontrarse. Ante mis ojos, la monja le pide perdón y mi padre vuelve a ser un niño pequeño. Frágil y conmovido, abraza a la astillita del Señor.

Y la misericordia se hizo carne.

Antes de volver a Francia, visitábamos a mi abuela paterna, una mujer obesa de pelo corto, rostro de batracio, a quien llevábamos siempre una pequeña torre Eiffel y un kilo de melocotones. Ella se comía su fruta favorita con una voracidad que me daba asco, la pulpa demasiado madura chorreaba entre sus dedos cubiertos de sortijas. Podía percibir un resto de odio en los ojos de mi padre cuando la miraba fijamente. Esta visita era un paso obligado, ácido y repugnante, que marcaba el final de las vacaciones. Ya podíamos marcharnos de Bilbao, donde habíamos sido un poco más ricos y más felices que el año pasado. En esta última etapa estival, me repetía en secreto una precaución básica: debía desconfiar de los pasteles o engordaría como ella, víctima de la herencia genética. Me prometía no comer demasiado para no terminar con los mismos michelines chorreantes y el mismo aliento entrecortado, como el de una perra en celo.

Ese mismo verano, en el tren de vuelta, tuve la sensación de que un cuchillo me atravesaba las tripas. *Ah, es una niña enfermiza, siempre le pasa algo.* En unas semanas de julio, había pasado alegremente de las anginas a la bronquitis, pasando por la otitis. Es verdad que estaba con frecuencia enferma, febril y encamada. Para su tranquilidad, mis padres me hacían tragar cada una de las moléculas prescritas por los pediatras, pero esta vez el dolor no se me pasaba a pesar de los medicamentos. En París, las sospechas de apendicitis fueron confirmadas por un tacto rectal en el hospital. Veredicto inapelable. Ablación urgente de la excrecencia.

Cuatro puntos de sutura, fin del verano y fin de la infancia.

Diez días más tarde, entraría en sexto año en el colegio Condorcet.

Me pasaba el día repitiendo: Condorcet, cóndor, coño-de-oro.

10

Era la primera vez que comía en un comedor.

Pronto cumpliré los once y estoy empujando una bande-
ja sobre los raíles metálicos. Tenía que darme prisa, elegir entre una asquerosidad y otra, presionada por los mayores.
Ante mis ojos se desplegaban los esplendores de la comida
industrial. Francia había llegado por fin a mi plato: sanjaco-
bos, zanahoria rallada, pastel de patata, pepino con nata,
apio con mayonesa. Todos estos manjares exóticos eran para
mí un sinónimo de modernidad y libertad. Salado, ácido, ti-
bio. Estaba encantada de haberme incorporado al mundo
gracias a la restauración colectiva. Mi bautismo de fuego
consistiría en un pelo larguísimo descubierto en el interior
de un paquetito de ternera. Lo saqué de mi boca virgen sin
llegar siquiera a sentir asco. El mercado de los quesitos me
permitió hacer amigas rápidamente. Encontré muchachas
francesas deslumbrantes que me permitirían abandonar mi
territorio hispánico medieval, cercado de alambres de espi-
no. La primera que me tendió la mano llevaba el nombre

prometedor de Flavia. Al hacerme su amiga, le daba la espalda a otras niñas como yo, las chicas de portería, españolas, portuguesas y yugoslavas. Ya era un poco francesa.

Soñando con llamarme Sophie o Julie, era perfectamente capaz de representar el papel de jovencita modélica ante los padres de las compañeras que me invitaban a cenar o a dormir. Era como un mono amaestrado. *¡Qué culta es, para ser la hija de una asistenta!* Museos, exposiciones, cine, teatro. Era la eterna invitada. Causaba un auténtico efecto sobre los padres de las demás, como una mezcla de piedad y de asombro respecto a mis orígenes. Yo exageraba un poco: los miraba como a salvadores y les prestaba más atención que su propia progenitura. Me bebía su sabiduría y sus conocimientos. Con la panza llena de su burguesía, por fin me podía alejar de mi dúo parental ruidoso y aterrador. Había crecido como una rata de laboratorio en cautividad, por fin había encontrado la salida del laberinto que mis padres habían construido a mi alrededor.

Desgraciadamente, mis veleidades de chica formal y bien educada se disiparon enseguida. Cada uno de mis años de colegio se saldaba por un nuevo récord de horas de castigo, expulsiones o experimentaciones con nuevas sustancias alucinógenas. Sexto año: cigarrillos Chevignon, tan ásperos como un jersey de lana, fumados con ansia en un portal. Quinto año: Lucky mentolados, que me permitían experimentar al mismo tiempo en la garganta el frescor doloroso del chicle y el humo. Creer que el olor de la menta taparía el del tabaco. Cuarto año: los indiscutibles Marlboro Light. Fumaba sin problemas delante de mis padres, mi madre me compraba tabaco cuando se lo compraba a mi padre. Me lo daba con mi paga asquerosa, billetes de francos suizos y dólares que encontraba encajados en los asientos de los bares de alterne que limpiaba. Cuando iba a buscarla al trabajo, el olor me atrapaba: aroma denso de lejía chorreante sobre las manos de mi madre, que fregaba el suelo sin guantes.

Blanqueaba mis billetes manchados de esperma en la oficina de cambio de la avenue de l'Opéra y con ellos me compraba costo. *Skunk*. Como aire seco. También novelas. Más adelante, cocaína. Ropa. LSD. Éxtasis. Heroína. Lo que más me gustaba era saltarme las clases para fumar en el jardin des Tuileries y flipar en el museo del Louvre. Por fin llegué al instituto en estado ingrávido.

Tengo quince años. Oscar Wilde y los lexatines me salvan las noches. Mis Converse pisan los adoquines del patio por las mañanas, abriéndome a un nuevo círculo: el de las burguesas de izquierdas del instituto Lamartine al que me acabo de incorporar.

Ligaba de vez en cuando, pero me enamoraba con mucha más frecuencia. No creía que me pudieran amar, pues me sentía fea y sin valor. Pero sonreía como una imbécil feliz, como había vaticinado aquel primer chico al que miré. En cada momento de mi existencia alguien me recordaba la infamia de mi nacimiento: cuando me afeitaba las piernas, cuando me decoloraba el bigote, cuando decía mi nombre. Vaya, María, qué risa, te llamas como nuestra asistenta. *Maria, tiens, c'est marrant, tu t'appelles como notre femme de ménage!* A menudo tenía que cargar con burlas sonoras: *Marrriacch touvaferrr le menachhhh*. Yo domesticaba todo aquello riéndome con ellos, enterrando mi vergüenza en un pozo. Pero me lo tenía que comer igual. A veces mentía: mi padre era director de teatro y mi madre, ama de casa. Para olvidar mi feroz ascendencia, la madre esclava y nuestro dolor común e inexplicable, todas las noches salía, todas las noches me drogaba. Mis escasísimas amigas se convertían en mis hermanas, comulgábamos los miércoles en el Queen, los jueves en el Pulp, los viernes en el Rex, los sábados por la mañana en clase o en la enfermería, de bajonazo. Nuestros santos patrones eran los Daft Punk.

En los sótanos de los clubes, bailaba con la cabeza en los altavoces y los cristalitos dispersándose por mi oído interno. *Rollin' & Scratchin'*. Levitaba. Mi cerebro arrancaba, mi corazón explotaba, vértigo paroxístico.

Tenía la sonrisa de una devota.

11

Solo estaba segura de una cosa: quería hacer cine. Dirigir.

Como Emir Kusturica, Jane Campion, Arnaud Desplechin. Este deseo me acompañaba desde el día que vi por primera vez *El tiempo de los gitanos* en la cadena de televisión Arte. Gracias a mi amiga Flavia, había sido infiel a las cadenas hertzianas y putañeras familiares. Adiós Patrick Sébastien, Jean-Pierre Foucault, Louis de Funès, *El precio justo,* la telebasura y Bruce Willis. Una noche me aventuré por esa cadena de televisión en la que hablaban alemán, las mujeres bailaban de forma rara y las películas estaban en versión original. Era todavía más perturbador que las espantosas películas eróticas del domingo en la cadena 6. Los cantos serbios, los dientes de oro y el onirismo trágico de los gitanos me atravesaron y convencieron. El charloteo de Paul Dedalus me emborrachaba. El agujero en la media de lana de Holly Hunter en *El piano* me hacía perder la cabeza.

Me hice una promesa: sería cineasta.

EXTERIOR DÍA - RUE FAUBOURG-POISSONNIÈRE

Tres muchachas charlando delante del instituto Lamartine. Una de ellas come un bocadillo, las otras dos fuman.

JUDITH

Mira, ese de ahí es Arnaud Desplechin.

JUDITH señala a la acera de enfrente.

MARÍA

Joder, me encantó su peli. ¡Espera, me voy a acercar!

MARION se ríe y casi se ahoga con el bocadillo de tres quesos. MARÍA cruza la calle sin pensar. Se acerca a un hombre rubio, de unos treinta años, con chaqueta de pana marrón y bufanda de rayas.

MARÍA

Señor, buenos días, ¿es usted Arnaud Desplechin?

El hombre, sorprendido en su marcha rápida se detiene. Responde, circunspecto.

ARNAUD DESPLECHIN

Sí...

MARÍA

Quisiera hacer lo mismo que usted, dirigir cine. ¿Qué tengo que hacer?

El hombre sonríe.

ARNAUD DESPLECHIN

Tiene que estudiar cinematografía... ¡Vaya a estudiar a la Fémis, es la escuela de cine!

María

¿Y no es una escuela un poco sectaria?

Arnaud Desplechin

¡Para hacer cine hay que ser sectario, señorita!

El hombre acompaña la frase con un gesto breve, novelesco, echándose la bufanda hacia atrás.

Arnaud Desplechin

Adiós.

Se va. María contempla cómo baja por la rue Faubourg-Poissonnière. Cruza corriendo hacia sus compañeras, que la miran atónitas.

Judith

¿Y? ¿Qué te ha dicho?

María

Bueno, tengo que estudiar en la Fémis.

Me despido del famoso director con un nuevo objetivo: entrar en la escuela de cine.

El 31 de diciembre de 1999, mi padre amenaza a su jefe, el director del teatro, con pegarle un tiro (desconozco el calibre de la bala).

Esta es para ti, hijo de puta. Y pasa el primer día del año 2000 en la comisaría del distrito dos, convirtiéndose en el terrorista del barrio. Le despiden.

Victoria encuentra rápidamente un nuevo trabajo de portera a dos pasos del teatro en un edificio de postín de la rue Quatre-Septembre y nos mudamos a la portería donde mi padre, en paro, deja de hablar. A partir de ese momento se encierra en sí mismo y se suicida lentamente con alcohol.

Antes de que acabe el año me matriculo en la universidad de París VIII, en cine. Pongo mi salvación en el celuloide y en las historias.

12

Sol y sombra.

Así se compran las entradas para una corrida. También es el nombre de una bebida compuesta de dos centilitros de coñac mezclados con dos centilitros de anís. Aquella tarde del mes de agosto de 1975, Julián se bebía uno despacito en el bar que estaba frente a Vista Alegre, la plaza de toros de Bilbao. El cielo gris y plomizo arropaba a los aficionados. Victoria no conocía el arte de la tauromaquia y enseguida se sintió perdida, ella, la gallega, la morenita de las tierras oceánicas, pero se dejaba llevar por el entusiasmo del público. Estaba deseando que empezara el espectáculo, con la impaciencia casi intacta, a pesar del ardor de estómago que le había provocado el brebaje que le había obligado a beber su joven marido. Respecto al espectáculo que se disponía a ver, Victoria solo sabía una cosa: los hombres podían morir, un toro iba a morir.

Miraba fijamente la sonrisa de Julián, orgulloso de estar ahí y de haber invitado a los toros a su mujer. Los ojos entrecerrados por la mezcla de licores difíciles de digerir le hacían parecer un tanto pretencioso. Fanfarroneaba como si fuera un gran especialista en corridas, llevándola por los pasillos. *Este es una mierda, este no. El miura es el rey de los toros.* Julián siempre sabía más cosas que ella. Victoria lo ponía en valor con su mirada subyugada y su belleza fatal. Julián era consciente de las miradas de los otros, hombres y mujeres, mientras se sentaban en las gradas. Había comprado las entradas más caras. Toda su vida hará lo mismo, gastar sin tasa. Toda su vida Julián querrá ser el más rico de los pobres.

Estaban sentados cerca del ruedo. Victoria estaba hipnotizada por el culo torneado del hombre con medias de seda rosa. Pensaba en las nalgas de Julián, que estrujaba fuerte con las manos cuando la tomaba. Una y otra vez, se aferraba al pensamiento mágico de que se quedaría embarazada. Y veintiocho días más tarde se quedaba sola con sus menstruaciones dolorosas y los riñones rotos. La decepción chorreaba entre sus piernas, río escarlata, corriendo por su fina piel tan blanca.

Muere el primer toro. El torero no entusiasma al graderío. Aplausos, pero nada de oreja: el público no saca el pañuelo blanco. Julián explica los detalles a Victoria, escupiendo el humo del pitillo. Habla en una mezcla de apnea y espiración blanca y controlada. Julián espera a Paco Camino, la figura de la tarde. El andaluz entra en el coso al mismo tiempo que una lluvia fina empieza a mojar al público. Algunos espectadores se tapan la cabeza con el periódico o la chaqueta. Victoria lleva paraguas, pero no lo abre. Mira los pases, el capote de percalina rosa y amarilla. Piensa en la colcha sintética del canapé en el que duermen, en el salón de la casa de sus amigos. Julián trabaja de carpintero. Victoria hace lo que sabe hace: limpiar. No se quejan. Sin embargo, a pesar de su hermosa sonrisa, el vino tinto gangrena el corazón de Julián y una tristeza originaria va calando en su interior, junto con el tanino. Está celoso de las miradas que recibe Victoria. Ella le jura que solo le quiere a él. Sin embargo, mientras corta la madera, con la cabeza llena de serrín y de obsesiones, se pregunta dónde está, y con quién.

La mirada de Victoria va de Paco Camino y su traje de luces a los cuernos del toro, mastodonte negro y lustroso. La sangre de las primeras heridas del picador se mezcla con las gotas de lluvia cada vez más gruesas. El cigarrillo de Julián está empapado y se apaga. El agua atrapada en sus pestañas de ébano enturbia la visión de Victoria, así que abre el paraguas cuando el torero toma impulso frente al toro y, con un elegante juego de pies, le planta el primer par de banderillas. El público se estremece. Segundo par de banderillas. El toro flaquea. Julián escupe minúsculas hebras de tabaco que se le quedan pegadas a los labios. Victoria siente ascender en las tripas un calor singular al contemplar el baile del hombre femenino.

Tercer par de banderillas. La lluvia transforma la arena en pasta grisácea. El torero está empapado, los paraguas se abren unos tras otros. Se acabó. Victoria contempla al hombre que, bajo el clamor del público, con el culo apretado, los pies pegados, la mano en la cadera izquierda, saluda al ruedo mientras una tormenta histórica difiere el sacrificio del toro. Victoria recapitula en la cabeza lo que le ha enseñado Julián: agitar el pañuelo, arrojar flores. Siempre sabe más que ella. Sobre cualquier cosa. Ella se lo repite con frecuencia: Nunca fui a la escuela. Victoria se siente segura de saber que Julián se ocupa de todo, que se anticipa a los acontecimientos. Cuenta con el cerebro de su marido para las cosas de la vida y deja que el suyo se vaya desintegrando con los años.

Para levantarse, Victoria se apoya en el hombro de Julián, la humedad de la zona empieza a oxidar sus articulaciones. Luego lanza con fuerza el paraguas al ruedo, con los ojos verdes y cobrizos iluminados por una chispa de malicia. El torero mira cómo el objeto negro aterriza en el suelo, se acerca, alza los ojos hacia Victoria. Julián se ha quedado paralizado por la vergüenza. El matador se acerca, toma la ofrenda y, con la prestancia de un emperador, saluda a la mujercita, todavía emocionada por su audacia. Luego se acerca a la barrera. Todo el público está conmovido. Nadie se mueve a pesar de la lluvia. El torero llama a la *cuadrilla,* los *peones* se acercan a escuchar sus órdenes, se agitan tanto como el corazón de Victoria en su pecho. Paco Camino toma dos banderillas y se las tiende a la mujer con una sonrisa.

A su vuelta, Julián tirará a la basura los bastones adornados de papel multicolor. El torero no las ha plantado en la cerviz del toro, sino en su orgullo. Mortificado, esa noche tomará a Victoria ardientemente, pero la cornada del marido será estéril una vez más. A su alrededor, sus amigos tienen hijos, dos, tres. Para el español modesto, en tiempos de dictadura, la prole es el único valor, el producto interior bruto. Victoria y Julián siguen siendo pobres.

Un día un amigo les habla de una oportunidad en Francia: *la rua de la Pompa, la avenida Foch, una loge de guardián, una habitación de bonne.* En París hay trabajo. Las alpargatas de la pareja pronto recorrerán los Campos Elíseos, promesa de nuevos comienzos en el país de Tino Rossi y el queso camembert. Ante el Arco del Triunfo, se sacarán fotos el uno al otro.

¿Sabrán que ese arco es una tumba?

13

Miro fijamente el moño de Kim Novak en la pantalla del televisor.

Y no dejo de pensar en el chico que acababa de entrar en la habitación.

Tengo veinte años. Restallan los besos, se repiten los nombres. *Hola, hola. María, Robin, pero me llaman Rob.*

Ya había visto *Vértigo* de Alfred Hitchcock en la universidad, pero no quería perderme la reunión de mis amigos cinéfilos, músicos y drogadictos en un piso sin ventanas del distrito trece de París, conocido como *La Filibustière*. Un cineclub *skunk* y VHS.

Robin me obsesionó tanto como el personaje de Scottie que representa Madeleine en la película. Rostro de contornos suaves, enmarcado por una melena castaña, tenía la intuición de haber encontrado al hombre de mi vida. Y a pesar de amores muy cerca de la desesperación, de mi incapacidad para vivir en pareja, no me equivocaba. ¿Cuál fue el detonador cerebral u hormonal que me informó inmediatamente, con una voz avergonzada, de que el padre de mis hijos acababa de entrar en la habitación? Todavía no lo sé. Sin embargo, hasta ese momento ni había pensado en procrear ni me imaginaba como madre. Hija única sin hermanos, no había trabajado de niñera, nunca había tenido un bebé en brazos. Me consideraba como la niña perpetua. Y estaba totalmente convencida de que moriría joven.

Sin embargo era fértil, había abortado dos veces, la primera en el instituto, el último año, unos días después de hacer el examen de acceso a la universidad, en una clínica de la periferia parisina, por aspiración, pues el embarazo estaba demasiado avanzado para la famosa píldora abortiva RU486. Hice el examen embarazada; peroré sobre la Cuarta República, el Rust Belt o Cervantes derrotada por las náuseas. Volví a abortar unos años después. Mi madre nunca me había llevado al ginecólogo, ni sabía que existía la píldora, aprendí muy tarde, para mi desgracia, los métodos anticonceptivos.

En la pantalla, la rubia hitchcockiana caía y se estrellaba en la misión española de California y a mí me invadía una oleada de deseo sin precedentes. Haría maniobras durante varios meses hasta que por fin pude besar a Robin. De *after-shows* a conciertos, de casas de okupas a cenas, el músico moreno y alto de Yvelines, un barrio burgués de las afueras, y la española bajita pasada de revoluciones de la portería pasaron por fin su primera noche juntos a la luz de una lamparilla de aceite psicodélica y barata.

En el mes de junio de 2001, comenzaba nuestra propia odisea. Aventuras exaltantes bajo los auspicios del amor verdadero, el más chorreante de almíbar del mundo. Sin vergüenza: estábamos locos el uno por el otro.

Galvanizada por todo este afecto, buscaba al mismo tiempo una oportunidad en las pruebas de entrada a la famosa escuela de cine cuyo nombre me había soplado aquel director francés, la Fémis, y *madre de Dios,* las superé. Me había ganado una plaza, la peor alumna de la última fila, la que se las veía y deseaba para no repetir curso. *Vives de las rentas, lagunas, charloteos incesantes, ¿quién eres, María? Señorita Larrea, no conseguirá aprobar el bachillerato.*

Este éxito que, una vez más, solo consiguió asombrar a los padres ajenos, no hizo demasiada ilusión a mi madre. Según ella, hubiera debido buscar un oficio «de verdad». Nunca entendió lo que hacía, pero le prometí no hacer ninguna *película de mierda.*

Por un curioso efecto de repetición, me quedé embarazada del ser amado por accidente y me enteré únicamente unos días antes de empezar las clases en la escuela de mis sueños. ¿Sabotaje? Esta vez me costó mucho más interrumpir el embarazo. Me había dicho: es el padre de mis hijos. Tenía que elegir entre el éxito escolar, que algunos profesores me habían prohibido, y fundar una familia. Crucé el umbral de los antiguos estudios de Montmartre en medio de náuseas imposibles de reprimir. Unos días más tarde abortaría en medio de un baño de sangre.

Seguí mi camino, rumbo al prestigio de los oficios de la imagen y el sonido. Para mis inicios como directora, decidí trabajar sobre los recuerdos de mi infancia, cual cineasta novata que filma sosamente su ombligo. Buscaba una explicación a la primera parte de mi vida caótica y violenta y utilizaba la cámara para intentar fijar la trama de mi tejido genealógico. Comprender la migración de mis padres españoles, desmenuzar la violencia de la existencia de nuestro trío. Buscadora de oro en 35 milímetros, tamizaba mi memoria, no encontraba nada más que lo que ya sabía, pero así hice mi primer corto.

En aquella escuela pasaría los años más hermosos de mi vida, alumna becada y amada, me sentía nacida para estos cuatro años en los que mi apellido adquiriría todo su sentido: Larrea, la realizadora. Larrea, la real, larreal. Era la realizadora de mí misma, pasando de la comedia a la autoficción. Mientras tanto, Robin componía sin contrato para una casa de discos. La salvación financiera vino de las primeras giras internacionales con Phoenix. Le habían contratado para los teclados. Tocaba el piano de pie, sentado, en Francia y en Estados Unidos, donde le acompañé pagándome con la beca el viaje transatlántico de ida y vuelta.

Primeros pasos por la tierra mitológica del cine, Los Ángeles, bendición de los dioses de Hollywood para nuestra pareja. Nos casamos en Las Vegas, contando los escasos dólares que nos quedaban para comprar dos alianzas, una de plástico y la otra termosensible. Medianoche en una enésima Graceland Chapel. Oficiaba una mujer obesa. En las manos no tenía la Biblia, sus dedos gruesos se paseaban por una mesa de mezclas en la que ajustaba el nivel sonoro de la marcha nupcial. *Tantantatán, tantantatán. By the authority commited unto me, I now proclam that Robin and Maria are husband and wife.*

Orgullosos de nuestro amor por contrato marital del estado de Nevada, duplicamos la boda en Francia bajo la bandera de la República, la mirada de Dios y su cura abominable con herpes en las comisuras de los labios. Hablaba de las mujeres que frecuentemente eran infieles. El diablo me soplaba en voz baja que un día odiaría esta misma Iglesia.

Tengo veinticinco años y me vuelvo a quedar embarazada en la noche de bodas, en un sitio llamado Port Paradis. Es mi último año de estudios y se repite mi destino de procrear antes de tiempo. Esta vez la noticia me hace muy feliz, es un hijo deseado y me lo quedaré.

Adam.

Nacido bajo el signo de géminis. Nueve meses más tarde acunaba en mis brazos a un niño rubio de ojos azules y un hoyuelo misterioso en la barbilla. Buscábamos el parecido con otros miembros de nuestras familias, examinando la herencia en sus rasgos, como hacen todos los padres. El hoyuelo no aparecía por ningún sitio, pero daba igual, nuestro bebé era la belleza absoluta, la gracia contenida en el rostro más chiquito y elegante, acurrucado entre mis pechos. El amor es inmediato, pero tembloroso, teñido de la inseguridad de hacer las cosas mal, de no estar a la altura del reto de la maternidad.

Quisiera olvidar para siempre la voz estridente de la comadrona de puto acento meridional que me amenazaba. *Empuje o me enfado.* Cómo me gustaría borrar el error de escalpelo de la estudiante que asistía, su gesto torpe que llevó a la herida interior. Tejidos de mi vagina, de mis músculos y de mi dermis, suturados con vicryl 3,5. Mi cicatriz en la entrepierna, cicatriz transformada en palabras subrayadas en rojo en mi historia clínica: desgarro completo del perineo con complicaciones. Herida del día en que me convertí en madre, herida de nacimiento y de vida.

Presiento que esta complicación tiene un sentido oculto. Esta vez lo digo en voz alta en el paritorio y le afirmo a Robin que algún día comprenderé por qué.

14

Un domingo de abril llego a casa de Ève.

Pelo largo y rubio, aires de Marilyn Monroe. Me recibe en un curioso piso de Neuilly-sur-Seine. Soy la silueta frágil en el oscuro laberinto de un apartamento haussmaniano con las paredes tapizadas de mandalas, olor a rosa y sándalo, imágenes de santas indias. Todo concuerda: estoy en casa de una mística del año 2000. Escucho cómo me habla de cábala o de alquimia, estoy allí para aprender el arte del tarot.

Hace un tiempo que me he puesto en manos de las cartas, tras descubrirlas gracias a Alejandro Jodorowsky. El cineasta y autor de novela gráfica leía el tarot todos los miércoles en un café del distrito doce, con el apropiado nombre de «Le Téméraire», *El Imprudente,* por donde pasábamos entre dos rodajes mi amiga camarógrafa Louise y yo.

El bar era como un puerto de atraque parisino, de esos que me eran tan familiares, como buena hija de alcohólico que había pasado desde la infancia del refresco de naranja a la cerveza. Siempre hay gente, esperando que el gurú de cabello blanco le lea las cartas. Hablan español con sonoridades deliciosas. Mexicanos, chilenos y argentinos me recuerdan que mi lengua materna no es solo la de las porteras y las asistentas. Un nuevo mundo se abre ante mí, aunque sigo pensando que estoy en el lado equivocado de la historia, hija del país de Isabel la Católica y los malvados conquistadores.

Cada noche, el mismo ritual, el mago Jodo llega con su traje negro. Se sienta e instala su tapete de fieltro violeta sobre la mesa. Una silla vacía frente a él. Echamos a suertes quién será el primero en pasar. La sonrisa de Alejandro es irresistible, siempre divertido, con una mirada juvenil. Escucha con atención las historias, de las más sombrías a las más triviales. Una pregunta, tres cartas, capta con una rapidez desconcertante el problema del consultante y en general la receta siempre es la misma: un acto psicomágico. Puesta en escena de la curación, ajuste de cuentas con los muertos, los ausentes, los malvados.

—¡Te ahorro diez años de psicoanálisis!

Era una frase que repetía con frecuencia el mago de Oz chileno. Yo asistía a las sesiones, enloquecida con las recomendaciones: esta tenía que pintar de rojo el sexo de su compañero antes de acostarse para resolver su pánico a los perros, aquel tenía que dar veintiún latigazos sobre la tumba de su abuelo incestuoso. Otra más tenía que operarse la nariz, la suya no era muy bonita, demasiado parecida a la de su padre y ya no la necesitaba, afirmaba Jodorowsky.

—Opérate la nariz y encontrarás al hombre de tu vida.

Yo siempre quería más, más cartas, más respuestas. Pensaba noche y día en el tarot de Marsella, en sus arcanos y sus símbolos misteriosos, su aspecto a veces terrorífico. Colocar las cartas una y otra vez de izquierda a derecha, que escriban para mí frases liberadoras, que hagan el trabajo sucio en mi nombre y respondan a mis numerosísimas preguntas. ¿Iba a conseguir trabajo en el cine? ¿Cómo sería el rodaje? Me sentía poco legítima, no demasiado dotada.

La vida me aterrorizaba. Estaba convencida de que alguien descubriría el engaño: no valía la pena aceptarme, escucharme, amarme, casarse conmigo. Para acabar con los lexatines cortados en dos o en cuatro y los cuestionamientos incesantes, me echaba las cartas. Con las bazas en la mano, tenía la sensación de haber encontrado un escudo contra la angustia. Siempre había una respuesta para mis preguntas, para mis tormentos. Así que cuando me hablaron de una talentosa alumna de Jodorowsky y pronunciaron su nombre bíblico anunciando que enseñaba el tarot, salí corriendo a buscarla.

Una vez que su mirada franca estuvo clavada en la mía, Ève, la echadora de cartas me propuso aprender a hacer una tirada de la sombra: ocho cartas, dos líneas. Escribirán una frase consciente y una frase sobre lo oculto. Ève me pide que haga una pregunta sobre lo que quisiera saber o resolver en mi vida. Preparo una pregunta que me parece sin importancia, anodina, perfecta para este entrenamiento esotérico. No me apetece apostar fuerte, podría salir perdiendo si juego con el destino, cuando en realidad solo quiero deshacer los nudos de mi garganta.

—¿Por qué siempre actúo en mis películas?

Participaba con frecuencia en mis cortometrajes, a veces cayéndome, con la excusa de que era una comedia. Lo mezclo todo. ¿Por qué? ¿Por qué quiero estar a los dos lados de la cámara? Ocho cartas. Tengo que elegir, paseo mis dedos por encima.

Ocho cartas.

Les doy la vuelta

LA JUSTICIA, EL ERMITAÑO, EL EMPERADOR,
LA LUNA, EL CARRO, LA PAPISA,
EL ARCANO SIN NOMBRE, EL PAPA

Ève se queda en silencio, contemplando la danza misteriosa de los personajes. Debe conectar los símbolos, conjugar los verbos, sumar las cifras. De repente, su rostro se cierra, la veo sobrecogida por lo que consigue leer en esas cartas que siguen siendo herméticas para mí. Entro en pánico, como si estuviera delante de un cardiólogo que lleva una radiografía de mis pulmones o un escáner de mi cerebro. ¿Voy a morir? ¿Es eso?

Son las cuatro de la tarde, pero es casi de noche, ronda una tormenta. Mis párpados tiemblan de forma incontrolable. Quizá me falta magnesio, siento cómo mi corazón retumba con fuerza bajo la tapa de mis ojos.

—¿Qué pasa?

(Ana, mi hermana Ana, ¿no ves venir a nadie?)

—Cuando actúas en tus películas buscas un reconocimiento.

—Sí, efectivamente, quiero que me quieran. Pero en eso no hay nada...

Ève me interrumpe.

—El reconocimiento que buscas no es el adecuado. ¿Sabes si tu madre ha tenido alguna aventura? ¿Otro hombre?

Pulverizo mi memoria buscando un hombre, pero no se me ocurre nada, nunca me podría imaginar a Victoria sin Julián. No tengo tiempo de seguir buscando.

—Tu padre probablemente no es tu padre.

Se me retuercen las tripas, su frase me hace estallar el cerebro.

Ya viene, el aneurisma.

—Tu madre te oculta cosas sobre tu nacimiento, María. Habla con ella lo antes posible.

Estoy estupefacta. No puedo siquiera articular un pensamiento o hablar, apenas si puedo tragar, tiritando en el baño glacial en el que me ha hundido esta frase. Siento cómo cae el telón sobre mi vida, como si el grueso telón rojo del teatro de la Michodière cayera sobre mi nuca rompiéndome las cervicales.

No tengo fuerzas para gastar bromas, que es mi defensa habitual, ni para diseccionar lo que me ha dicho y lo que siento. Nos quedamos en silencio, pero puedo sentir la membrana de mis tímpanos a punto de explotar. La miro, las dos sufrimos por lo que me acaba de anunciar. No dudo en absoluto de sus palabras. La frase resuena hasta el epicentro secreto de mi sufrimiento: mi origen es oscuro. Lo comprendo. No sabía nada más pero presentía que lo que vendría a continuación sería colosal.

Me voy porque en algún momento me tengo que marchar. No me quedan minutos en el móvil, así que llamo a Robin desde una cabina, balbuceo algunas de las palabras que me quedan: reconocimiento, mi padre, secreto. Está de acuerdo conmigo, todo este batiburrillo parece tener algún sentido.

Tiemblo en el vagón de metro de la línea 1. Me disuelvo en la banqueta sucia y ennegrecida por los infortunios de la ciudad; en silencio, sumo mi fábula a la de otros. Los miro fijamente sentados en el vagón apestoso, esperando llegar a casa para escrutar mi rostro e intentar llegar al fondo del enigma.

15

No podía ver a mi madre hasta el día siguiente.

Me quedaban una tarde y una noche antes de hablar con ella. Huyo del teléfono, pues mis preguntas bien merecen un enfrentamiento de wéstern. *Stand-by*. Nada de lágrimas, ni de angustia. Simplemente la espera. ¿Antes de hacer frente al asesinato de mi pedigrí?

Tu padre no es tu padre. Pienso en Julián, vértigo y pena. Intento visualizar las caras de otros hombres, posibles amantes de mi madre. No se me ocurre nada. Nada plausible. Somos una microfamilia, tres personas, pocos vínculos, pocos amigos, nuestros únicos contactos vienen del trabajo y los bares. Indicios: soy hija única de padre *borderline* y madre con camisa de fuerza química. Tenía razones para hacerme preguntas sobre ese secreto de familia, el adulterio, el amante de una noche.

Los guiones que íbamos construyendo con Robin me agotaban, pero sabía que tenía un sentido el foco que el tarot había puesto sobre mi concepción. Este padre tan violento y silencioso, todo se explicaba, era un hombre engañado. ¿Mi sensación de no estar en el lugar adecuado se explicaría por fin con la llegada del personaje desconocido? ¿Otro padre? Esperaba que por lo menos fuera vasco, me había aferrado a esta denominación de origen. El vasco inspira temor, es popular, misterioso, folclórico. El vasco es amigo de Ernest Hemingway y Orson Welles.

En mi casa, el cuerpo y la mandíbula me laceran. Me vengo abajo laminada por la nebulosa de preguntas y de hipótesis que invaden mi cráneo. Tengo la sensación de tener la boca llena de puré, no consigo articular o hablar. Me desvanezco en la cama gracias al alcohol.

Al día siguiente, me cito con mi madre entre *Motus* y *Les feux de l'amour,* es el momento de la pausa en la portería. Tengo que apuntar bien para encontrarla en las mejores condiciones. Lo mejor será después de repartir el correo, después de comer y, sobre todo, durante la siesta beoda de mi padre.

Por fin me abre la puerta.

—*Mamá,* me han tirado las cartas, he estado con una vidente.

Sabía que para ella era un argumento sólido, siempre había sido sensible a los poderes de las tarotistas. Paso a las preguntas, lo más deprisa posible, con el poco valor que me queda.

—¿Mi padre es mi padre? ¿Qué me escondes sobre mi nacimiento? ¿De quién soy hija?

No tiembla en absoluto, me responde de golpe, sin apartar sus ojos de los míos.

—*La hija de nadie.*

La hija de nadie.

No se ha tomado tiempo para pensar. Cuatro palabras, trece letras. Ecuación violenta en la rue du Quatre-Septembre, a la hora de comer. Banqueros, secretarias, abogadas, carteros, ancianos, turistas. Y esta mujercita, la portera del 24, la emigrante española pastillera, la mujer maltratada de ceño fruncido, mi madre, me abofetea con su respuesta. Me lo estaba buscando, con tanta echada de cartas, queriendo sanar esto o sanar lo otro, buscando quién sabe qué. Ahora ya lo sé.

—Nunca te lo dije porque tenía miedo. De que me abandonaras. Me habían dicho que no debía hablar nunca de ello, porque llevas nuestro nombre. Eres mi hija.

Una vez más me quedo sin aliento, o sin palabras, pero su réplica, digna de una telenovela venezolana, me deja helada.

En un último impulso añade.

—Te adoptamos.

Esta vez es una apisonadora. Aplastamiento total. Una herida en la negrura de la verdad. Un corte limpio, con bisturí. Palinodia de la madre.

La mentira de la portera termina aquí. En la misma puerta del edificio de oficinas que limpia afanosa. Donde mi padre, parado transformado en roca, ha conseguido cargarse el linóleo con los pies a fuerza de estar sentado en su sillón, sin hacer nada, sin hablar.

Fui la única que asistió a esta revelación.

Mi madre tenía razón, la abandoné allí mismo, no tenía nada más que decir. Rota por su confesión. Se quedó frente a mí, con los brazos cruzados, apretados sobre la rebeca de lana con bolitas, con los dedos anudados alrededor de sus manos agrietadas. Sin saberlo, la acababa de liberar.

Tenía veintisiete años, estaba muerta por primera vez aquel día.

Me marché sin una palabra más. Mientras andaba por la calle, tenía la impresión de mutar, de transformarme en una masa de angustias. Tenía que encontrarme con mi marido y mi hijo en un jardín un poco más lejos. Intentaba coordinar mis miembros, hacer frente al choque, pero no podía, me estaba transformando en vinagre.

Cuando llegué al césped de Les Halles, me tuve que poner a jugar con mi niño de un año. Me repetía: él no sabe nada, quiere caminar. Le ayudaba a dar sus primeros pasos, con su mano apretada en la mía. Mi hijo me hacía aguantar en pie. Lo que había aprendido desde mi infancia se estaba desmoronando en un momento en que yo tenía que enseñárselo todo a él. Estaba imantada por el suelo. Gravedad salvadora. Me senté, derribada pero con la seguridad de sentir la hierba bajo mi cuerpo.

En el corazón de esta nueva revolución, mientras mis células van incorporando una tras otra el nuevo paradigma, detrás del miedo, iba asomando una liberación.

16

Franco ha muerto.

Julián y Victoria viven en París, se mudan con frecuencia, van de un cuarto de alquiler a otro. Conocerán muy bien el distrito XVI, algo menos el resto de la ciudad. A Victoria le costaba mucho hablar francés, se escondía detrás de Julián, dejaba que él lo decidiera todo, cuando en realidad era ella la que tenía que hacer las cosas detrás. Trabajaba dos veces más. Ahorraba para cumplir su sueño secreto de comprarse una casa en España. Un lugar que no perteneciera a la familia ni a los amigos, ni a los *caseros*. Quería mucha luz, un sol enorme que lo calentaría todo, que hiciera arder las sábanas blancas tendidas en la ventana, que le broncearan la piel y arrasara los pequeños dramas de su vida. Así que tenía que trabajar como una mula, tomar el metro, perderse, preguntar, no entender lo que le decían, volver a preguntar. Sentirse humillada por la gente con prisas. Su orgullo, que ya era frágil, sufría mucho con la incomprensión de este idioma tan difícil de pronunciar, de incorporar.

Para Victoria lloverá durante mucho tiempo.

Desgastará sus zapatillas baratas de algodón azul marino, siempre rozadas por el dedo más pequeño, recorriendo las calles de París, los pasillos de los pisos enormes y las escaleras de servicio que llevan a su buhardilla.

La sucesión de gestos que forman la coreografía de la limpieza, los distintos instrumentos útiles para su obra, trapos, plumeros, esponjas, bolsas de la basura, aspirador, todo eso no la deja pensar y mejor así. Victoria no quería pensar. Siempre se había negado el vértigo de la reflexión. ¿Por qué me pega? ¿Por qué no tengo un bebé en el vientre? ¿Por qué lavo las bragas sucias de la señora?

Entonces se drogaba con los vapores de los productos químicos. Le hubiera gustado beber, pero no aguantaba el alcohol. Ya le había hecho ojitos a la lejía, pero la muerte la aterrorizaba. Cuando las olas de su conciencia se encrespaban demasiado, su único escape era robar pastillas de Valium en el cuarto de baño de los señores.

Un día limpiará una farmacia y saberse rodeada de todos esos medicamentos y cremas antiarrugas calmará sus angustias.

Victoria sabía que tenía algo muy valioso, sin precio, que sorprendía a todos los que la conocían: un rostro de una belleza inefable. Ni el tiempo ni el dolor mancillaban su piel. Un día, al dar la vuelta a la esquina, un hombre la detuvo, deslumbrado por la visión de su rostro. *¡Ah, esplendor ibérico, parece una princesa!* Ella no tiene ni idea de quién ese ese hombre que parece tan noble y que le habla tan fuerte en la calle, delante de todos. ¿Un loco? Una parisina conmovida que asiste a la escena le dirá al oído es un gran artista, señora, es Jean Marais.

Victoria no se lo contará a Julián. Por la noche, delante del espejo, con la mirada sumergida en su reflejo, guardará su anécdota en un lugar extraño de su ser, magma negro y viscoso de su memoria, donde no le gusta meter las manos. Deslizará este instante de gloria en un montón de lodo, los recuerdos de su infancia cojitranca, sobresaltada. No volverá a pensar en ello.

Su único lujo es comprar cremas. Untarse la epidermis mañana y noche. Ceremonias secretas. No envejezcas, no te conviertas en tu madre.

El resto de su existencia cabe en una sola palabra: *trabajar* todo lo posible, para guardar los francos, para cambiarlos por pesetas. Siempre la dejaba atónita lo que ganaba con el cambio. Y el dinero que Victoria metía en el banco, Julián lo sacaba para beber.

El ogro comedor de monedas también se sentía miserable en esta ciudad. Debía concentrarse para hablar. En español decía cosas sensatas, divertía, gustaba. En francés es un meteco, un inmigrante, un pobre. Lo lleva escrito en la jeta y eso lo mata. Si tuvieran un hijo, estaría de mejor humor, hasta Victoria sería feliz.

La única tregua venía de las vacaciones de verano, cuando volvían a España con un montón de dinero. Qué bueno es gastar sin contar. Ramón y su mujer Lucía los recibían en su casa de pescadores de Bermeo. Primos lejanos de Julián, eran las únicas personas biológicamente unidas a él a las que quería.

En el mar, en el pesquero verde, rojo y blanco de Ramón, las dos parejas se ríen enseñando los huecos de los dientes que les faltan. Bajo el cielo azul vibrante, se llenan los pulmones de oxígeno y brisa marina. Los hombres pescan con caña, las mujeres los miran, se ponen el biquini para dorarse la piel pálida del invierno.

Por la noche cenan enormes doradas asadas, recién pescadas, rezumando aceite de oliva, regadas con vino blanco. Son días de fiesta. Julián hace todo el gasto de la conversación. Ramón observa a esta pareja sin hijos, su mirada va de Julián a Victoria. Se frota la cabeza, donde tiene la calva, como para darse suerte antes de hablar.

—Un médico nos ha ofrecido un bebé, pero somos demasiado viejos. ¿Podría interesaros? Quizá sería el momento de tener un hijo, ¿no?

Victoria se pone a temblar en cuanto le hablan de tener un bebé. Es la palabra que le recuerda que es una mujer incapaz. El injerto no agarra, su interior no da nada. Ramón y Lucía lo comprenden, pues tampoco tienen descendencia. Les han ofrecido adoptar, pero ya no les apetece ocuparse de un pequeño. *¿Y vosotros?* Julián no contesta, está concentrado quitando las espinas del trozo de pescado que tiene en la boca.

—Podríais ir a verlo de parte nuestra, es muy amable, generoso. Os ayudará. Su consulta está en Bilbao. Si os apetece, mañana os llevo en coche. Sin compromiso.

Al día siguiente, Victoria, sola en el asiento de atrás del Renault R7, está mareada. Se sujeta a la manija que está sobre la puerta, como si se pudiera caer por la borda. En la otra mano lleva una bolsa de plástico, lista para recibir el desayuno. Es una mujer previsora.

Los dos hombres van delante: Ramón al volante, Julián en el asiento del copiloto, con los ojos perdidos. Nadie habla. Es un silencio especial, la pareja, tensa, deja su destino familiar en manos del primo. Victoria odia las curvas. El coche por fin abandona la autopista y Victoria vomita café y bilis justo antes de entrar en Bilbao.

Todavía temblorosa, instalada en la cafetería debajo de la consulta del *doctor,* Victoria se toma una manzanilla muy caliente para olvidar el sabor a vómito y sentar el estómago. Ramón y Julián la esperan delante de la tragaperras con sus *cafés con leche.*

La pareja entra en la clínica privada, un edificio de ladrillo rojo, con pisos modernos, cerca del hospital. Un hombre en bata blanca, regordete y tripón, los recibe con la deferencia de un vendedor de alfombras. Julián piensa que más parece un charcutero que un ginecólogo. El doctor Ibarra fue muy amable, los amigos de mis amigos son mis amigos.

Auscultó a Victoria.

—*Señora,* podemos ponernos a hacer pruebas de fertilidad, pero ya sabe, eso lleva tiempo y dinero con poco resultado. ¿Cuánto hace que están casados? ¿Nunca han usado anticonceptivos? Bueno, pues para mí está claro, es *muy complicado.*

Julián preguntó si podía fumar. Por supuesto. Encendió rápidamente un pitillo, escupiendo la primera calada para olvidar la deshonra de hombre estéril tras una pantalla de humo. Concentrado en los labios y las caladas, mantenía el tipo, recolocándose el pantalón de algodón antes de poner el codo izquierdo sobre el muslo.

Victoria no decía nada. Se vistió de nuevo tras el biombo de poliéster azul cielo y se secó las lágrimas que estaban a punto de rodar por sus mejillas.

—Tener un hijo no es solo llevarlo nueve meses en el vientre. ¡Ser padres no es solo eso! Tener un hijo es criarlo, darle todo lo que necesita. Y eso, créanme, dura mucho más que un embarazo.

La pierna izquierda de Julián temblaba nerviosa. Plantó la mirada en los ojos del médico. Hubiera podido abrazarlo o romperle la crisma.

—Voy a hacerles una propuesta. Hay muchachas que no se pueden quedar con su bebé, de vez en cuando me llega alguna. Ramón me ha hablado mucho de ustedes. La verdad, puedo recibir un bebé muy pronto, a primeros de noviembre, por ejemplo. Una chica de por aquí, ya lo he organizado todo la pobre criatura que lleva en el vientre necesita una familia como es debido. Acogerla como buenos cristianos será una noble acción.

Julián no dijo nada, no era el momento de explicar lo que pensaba de la religión. Los tres se quedaron un rato en silencio. En la habitación se podía oler el miedo, una mezcla de sudor y de cebolla.

Luego Victoria se lanzó.

—¿Nunca tendré un hijo de forma natural?

—Quién sabe. Conozco a algunos que lo lograron después de adoptar.

—¿Cómo se hace? ¿Qué papeles hay que rellenar? —lo interrumpió Julián.

—No, *tranquilo*. Aquí no le vamos a pedir papeles, no se preocupe. Tengo confianza ciega en Ramón y su mujer. ¿Este otoño les vendría bien?

El silencio tiene valor de aceptación.

—Intenten estar por aquí, los llamaré cuando tengan que venir a la clínica.

Segunda parte

Los hijos comienzan la vida amando a sus padres; al hacerse mayores, los juzgan, y en ocasiones los perdonan.

Oscar Wilde, *El retrato de Dorian Gray*

17

Tras la confesión, iba alternando benzodiazepinas sublinguales y alcohol.

Cuando volví a ver a mi madre en el sótano de un restaurante japonés, lo único que pude hacer fue ladrar. *¿Quién es? Algo sabrás. ¿Por qué no me lo dijiste? ¿Quién más lo sabe? ¿Lo sabíais todos? ¿Ella también? ¿Ellos? Hijos de puta.* Me sentía traicionada hasta el culo. *No te pongas furiosa.* ¿Que no me ponga furiosa? Irónicamente, el restaurante se llama ZEN. Ya no puedo tragar nada, ni siquiera la sopa miso. Mis tripas gritan con cada alimento, los jugos digestivos me provocan una agonía con cada frase de *mi puta madre.* En fin, me levanto de la mesa.

Veía la mentira escrita en todas partes: en el fondo de mi iris, en todas las fotos, de bebé, de niña, en los cumpleaños, en mi tarjeta sanitaria escrita con tinta negra indeleble. Nacida un 2 de noviembre. El día de difuntos. Nacer y morir. ¿Entonces soy un zombi?

Cuando estaba con alguien, alineaba frases llenas de trivialidades y los gestos corrientes de la vida, pero en mi interior me tambaleaba. Avanzar sin saber hacia dónde, mi brújula interior estaba escacharrada, iba pasando de la euforia al abatimiento. Enseguida tuve necesidad de contárselo a todo el mundo. Soy adoptada. A la panadera, a los vecinos. De gritarlo por la ventana. Empecé por mis amigos. Algo ridículo como problema, nadie se muere por haber sido adoptado, no es una enfermedad incurable. No tiene tratamiento, salvo la angustia, y eso ya lo practicaba. Mi carne y mis huesos, mis lágrimas y mis excrementos, mi reflejo en el espejo ya no me decían nada seguro sobre mi existencia. ¿Era eso el purgatorio?

Tenía un título, supuestamente era directora de cine, pero no tenía trabajo, ni rodajes a la vista, ni guion esperando. Ningún proyecto. El mundo del cine no me había desplegado la alfombra roja una vez terminados mis estudios, por muy prestigiosos que fueran.

Empezaba a escribir un guion. Frente a la pantalla del ordenador, aporreaba las teclas. Mi objetivo: escribir una película, una larga historia para después dirigir mi primer largometraje. Escribir una ficción, cuando acababa de descubrir que yo misma era una ficción. En el documento de Word todo se derretía, la trama y los personajes, como Jack Torrance en el Overlook Hotel frente a la máquina de escribir.

All work and no play makes Jack a dull boy.

Escribir una historia me parecía una prueba tan dura como construir el palacio de Versalles con arena seca y una palita rota. Era incapaz de poner en pie una intriga o de crear personajes verosímiles.

Enseguida encontré una protección y un valor seguro: Google. Google sabe, busca, encuentra, siempre. Pasaba del guion a la barra de búsqueda, en la que escribía *adopción, adoptada, busco a mi madre biológica.* En francés. En español. Sujeto, verbo, complemento. A veces redactaba frases completas, abandonando las palabras clave que no me parecían muy precisas: me adoptaron en Bilbao. Estuve haciendo eso varias horas, luego varios días.

Obsesión. Ya no me importaba nada, ni nadie.

Buscar. Clic. Clic. Adoptada. Bilbao. Clic.

Y la tecla de guardar con mi guion, que tenía tan pocas escenas que casi estaba desapareciendo.

Mi gente, desconcertada, me daba consejos.

—¡Escribe una comedia! Eso estará bien, una comedia. Como hacías con los cortometrajes, pero en largo.

No podía. Así que me hundía de nuevo en el océano digital, sus colores primarios, las páginas que se iban cargando, los millares de respuestas, imprecisas, comerciales.

Tras unas semanas al mismo ritmo, por fin encontré una web española de búsqueda de los orígenes, una web rudimentaria, pero tenía un foro. Debía dar mis datos de nacimiento, fecha, lugar, médico. Y lo que estaba buscando. Había más gente como yo. Otros adoptados que buscaban respuestas. Descubría la cara oculta de la adopción al sumarme a la comunidad de buscadores de oro y de orígenes, que perseguían la verdad.

Para tener la más mínima pista, necesitaba una partida de nacimiento completa, la base de cualquier búsqueda identitaria.

Me puse en contacto con el Registro Civil de Bilbao y unos meses más tarde la recibí por correo. Leer cuidadosamente el documento, una y otra vez, cada palabra, descifrar las letras, para acabar comprendiendo que es una falsificación. Un engaño. La leí con la frase de mi madre en la cabeza. *No te lo dijimos, tu padre y yo, porque llevas nuestro nombre.* La mentira era mucho más profunda. Llegaba muy lejos. Sospechaba que rozaba la ilegalidad.

En los papeles oficiales, el médico que asiste al parto certifica que la madre es Victoria. Ni la más mínima mención a una adopción. Ninguna madre desconocida ni notas marginales. Ya ni siquiera podía tragar.

Tampoco había documentos de adopción. Estos dos tarados nunca hubieran conseguido una habilitación. El problema seguía intacto. Las diferentes posibilidades que se iban dibujando eran vertiginosas.

Lo único tangible era el día a día. Levantarse, abrir las cortinas, calentar agua, preparar el desayuno de mi hijo, llevarlo a la guardería con Robin. No era mi realidad, pero sí era una obligación de la realidad.

Sí, te voy a leer *Tchoupi tiene miedo de las tormentas.* Mamá también tiene miedo de las tormentas, tu abuela tiene miedo de las tormentas. Yo pensaba que el miedo, el asma y los ojos verdes eran genéticos, pero ¿de quién es esta talla 85B de mierda? ¿Será la primera pista de la impostura? ¿Las tetas planas? Lejísimos del pecho opulento de la *madre.* Su físico era ilusionante: caderas amplias, tetas grandes. La muy bestia tenía todo lo necesario para dar a luz.

Encadenaba los gestos habituales, concentrada en mis manos mientras lavaba los platos, necesitaba restregar, nunca he limpiado tanto el cuarto de baño en toda mi vida. Y venga a hacer potitos: pelar zanahorias, cortarlas en rodajitas, no muy gruesas, que entren bien en la vaporera, agua hasta el nú-

mero 2, clic, triturar. Servir en el plato. Sujetar la cuchara llena de puré, magia del niño, que abre la boca sin decir nada, ya
se lo sabe. Cierra la boca, traga. Abre de nuevo. Deber parental y obediencia. Supervivencia de la especie. Él sabe lo que
hay que hacer. Yo, no. No sé qué hay que hacer cuando te en-
teras de que eres adoptada. No vas a ir a la oficina de reclama-
ciones. O a un programa de televisión. Tampoco al especialista. Adopcionólogo, adopciatra, cirujano adoptista. *NADA*.

Tristemente, ya ni siquiera me drogaba. Ya me hubiera
gustado desfondarme, pasarme el día tragando, esnifando,
bebiendo, fumando, transpirar en una discoteca con los brazos en alto. Pasar la noche en blanco, volver al alba, tomarme
un ibuprofeno, descongestionante nasal y a dormir en posición fetal. Taquicardia sintética, sangre en los oídos. Sin embargo, la vida me hacía comer comida sana, acostarme tem-
prano y no beber sola.

Y en la cama, Robin dormía, seguramente harto de
mí. Soportaba, día tras día, mi desmoronamiento psíquico.
Mi mirada colgada del techo. Era incapaz de dormir. Miraba una mancha fijamente. La que había dejado el cadáver de
una araña y, por primera vez, me identificaba con algo. Yo
también era una mancha espachurrada. La de una tarántula.
Madre peluda, sin tela, perdida. Me encarnaba en ese trazo
negro no deseado.

*Mamá, ¿cómo se llama el ginecólogo? Antonio. Vale. ¿Anto-
nio qué? ¿Antonio Banderas? ¿Cómo que no lo sabes? Tú
nunca sabes nada. Te juro que no me voy a poner nerviosa. Por
favor. Dime todo lo que sepas. Nada, no sé nada más.* Nada. La
nada. La mancha había sido correctamente limpiada con detergente, también había pasado por ahí Míster Proper. Mi

madre había refregado hasta mi nacimiento. No quedaban pistas. La asistenta ha limpiado todo correctamente. Normalmente adoptan los ricos: Angelina Jolie, Jacques Chirac. ¿Por qué caí en esta trampa precisamente yo? Mis vidas anteriores debían de ser abominables. Bruja, asesino, perverso, torturador, verdugo.

Y me dio vergüenza haberla tomado así con mi madre.

Después de todo, me había salvado la vida. Me llamaban al orden: «Es tu madre, lo quieras o no, ella te dio de comer». Gracias, señora. Pero la furia volvía y las preguntas también. ¿Durante cuánto tiempo me voy a sentir tan mal? Tan mal por haber sido tirada a la basura, abandonada, salvada, amada, mimada, fotografiada, sobada, alimentada, alojada, blanqueada. El sufrimiento era inútil y me parecía ridículo.

Si me preguntaban, lo contaba. Con un tono sensacionalista. Sí, me he enterado de que era adoptada gracias al tarot. *¿Con una lectura de cartas? No digas... ¿De verdad? De todas formas, mira a tus padres. ¿Te importa darme el número de tu tarotista?* Miraba las caras, pero estaba vacía, había visto la grieta, el agujero inmenso, lo tenía que llenar.

Y entonces las búsquedas por internet volvían a empezar.

Escribía mis miserias en las teclas relucientes del ordenador y me iba acercando como a un imán. Tras meses buscando di con una persona, luego otra, y otra. Todos nacidos y adoptados en Bilbao en los mismos años que yo.

Era como si fuéramos un amasijo, montones de carne arrojada a la basura, electrones libres conectados por wifi. Las fechas siempre eran las mismas: 1974, 1975, 1979.

Acabamos siendo unas treinta personas, un grupo de correos, adjuntos con artículos de prensa sobre este tipo de historias. Investigábamos y preguntábamos juntos. En esta persecución común, un testimonio esencial disipó la oscuridad con su seudónimo: cielo_azul_gris_1975.

Este cielo azul gris era una madre que había abandonado a su hijo. Y nos decía que no era la única.

En diferentes pisos de Bilbao vivían jóvenes escondiendo su embarazo durante los años setenta. Varias chicas por habitación, varias habitaciones por piso. Una mujer llevaba estos escondites. Buena cristiana y patriota, tenía en la mesilla una foto suya con Franco. Collar de perlas y visón en invierno, llevaba con mano de hierro su pequeña organización de pensionados temporales para mujeres pecadoras.

Cielo_azul_gris no quería entregar a su hijo, pero su familia la había obligado. En España, ser mujer y menor era menos que nada. Le quitaron al bebé por la fuerza y lo entregaron para su adopción.

Ahora estaba buscando a su hijo.

Cielo_azul_gris nos dijo que todo había empezado con las mujeres republicanas embarazadas, encarceladas durante la Guerra Civil. Por ellas empezaron los torturadores franquistas que, escudándose en la fe cristiana, agazapados en las tinieblas del Opus Dei, se pusieron a robar bebés. Tras la guerra algunos lo siguieron haciendo. Era rentable, pagaban las dos partes. Los médicos obstetras regaban las tierras estériles del país o vendían los bebés a parejas desesperadas, gente de buena familia. Escondían el oprobio bajo la alfombra.

Para comprender y para encontrar, nuestras historias desajustadas nos habían llevado a internet. No había nada claro, una capa espesa de mugre cubría la verdad, pero de nuestros intercambios iba naciendo una isla de luz. Pronto nos atreveríamos a darnos el nombre de víctimas. No estar sola era no estar loca. La asociación de adoptados se formaba con vínculos frágiles, mensajes interminables, artículos de prensa, fechas, nombres de médicos, comadronas o monjas. Luego la infamia saltó a los periódicos. Los periodistas se pusieron en contacto con nosotros y empezaron a investigar ellos también. Todo lleva su tiempo.

Nuestra comunidad errática compartía toda la información que encontraba y, a pesar de todas las piezas que nos faltaban, el puzle del pasado iba tomando forma. Se reconocía que había sido un escándalo.

Atrapada entre dos realidades, la mítica y la de verdad, me anegaba el vértigo. ¿Quería realmente saber la verdad? Me iba acercando a ella. ¿No me daba miedo lo que podría encontrar? Ya tenía que cargar con mis padres. ¿Es que no era suficiente? Había fundado mi propia familia, tenía un hombre y un hijo. Los amaba. ¿Tampoco era suficiente? Había entrado en bucle, con las manos en carne viva, los dedos ensangrentados, los ojos atónitos a fuerza de mirar a los que me amaban pidiendo perdón. La cuestión de los orígenes invadía cada uno de mis actos y el menor de mis pensamientos.

En aquel entonces intentaba sacar de todo esto una película sobre una historia de adopción. Utilizaba la muleta de la ficción: es la historia de una chica que se entera de que ha sido adoptada cuando le echan las cartas. Amontonaba versiones del guion, páginas y páginas de sainetes sin la envergadura de la realidad. Miles de palabras, combinaciones diferentes de la misma historia, pero no cuajaba, la financiación no llegaba, los actores se lo pensaban. Y yo estaba atascada con mi proyecto de película.

Pensaba en Ève, la tarotista. Tenía que verla de nuevo, para que me echara las cartas. Ella lo veía. Ya lo había visto.

—Mira de nuevo. ¿Qué es lo que pasó aquel 2 de noviembre?

—María, veo otro bebé. No estabas sola ese día. ¿Quizá mellizos? ¿Erais mellizos separados al nacer?

18

Bilbao es una ciudad en forma de cubeta.

El centro de la ciudad está edificado sobre las márgenes del río Nervión, en un valle encajonado. Al alejarse del centro, más burgués, los barrios nuevos trepan aferrados a las colinas, en áridas pendientes. Las clases populares se instalaban allí en edificios modernos.

La calle Irala tiene un desnivel muy marcado que empieza en la plaza Zabalburu. A Victoria le costaba subir, había mucha pendiente y el calor lo hacía todo más difícil. Era la hora de la siesta. Los dedos le olían todavía al cordero asado. Hubiera preferido tumbarse para digerirlo en una oscuridad más íntima. Se detuvo para tomar aliento, aspirando una bocanada de aire ardiente. Victoria miraba a Julián alejarse, delante de ella, con las manos en los bolsillos. Parecía relajado, pero le corrían por las sienes perlas de sudor que le empapaban el cabello. Odiaba llegar tarde.

En la calle desierta, una mujer se está derritiendo, sentada en la parada del autobús bajo el sol, al que desafía con un abanico de plástico negro. Las suelas de goma de sus zapatos baratos fabricados en España parecen pegadas al asfalto. ¿Cuánto tiempo va a durar su calvario? A lo lejos, el ruido de un martillo pilón recuerda que el barrio se está transformando. Lo que eran las afueras se está fusionando con la ciudad.

Victoria retoma la subida. En su cabeza implora a san José, su letanía empapada en sudor se resume en una sola súplica: «Quiero una casa». *Por favor, san José*. La pareja peregrina pasa delante de una fila de casitas de colores de aspecto británico, pero no es el tipo de refugio que van buscando. En su cabeza solo cabe una cosa: la modernidad. Su escasa riqueza de emigrantes les permitiría hacerse con un piso nuevo.

Llegaron a un solar con manchas rojas de ladrillos, fachadas agujereadas, sin cristales, rodeadas de colinas todavía verdes. La calle terminaba allí, las baldosas de hormigón gris en forma de flor se detenían ahí mismo, ante una fila de huertos rodeados de solares. El agente inmobiliario, arremangado hasta los codos, les hacía señales con la mano, lobezno empapado y rojo como un tomate.

En el silencio siestero, la entrada embaldosada los refrescó. Sus fosas nasales se abrían al aroma de rosa sintética del detergente con el que baldeaban cada mañana. Victoria miró los buzones. Ya se imaginaba deslizando una cartulina con su nombre en el tarjetero.

Se apretujaron en el ascensor, su piso estaba arriba del todo.

Serán los primeros en venir, acabamos de terminar. El vendedor es amable. En el pasillo hay armarios empotrados. Vic-

116

toria observa, todo está impecable, intacto. Ni rastro de escoria de vidas pasadas, con sus dramas y sus alegrías. Todo parece posible, solo tendrían que llenar el espacio con sus objetos, con sus deseos.

En la habitación más grande, Julián cuenta los enchufes y golpea los tabiques con los nudillos, intentando parecer un hombre serio al que nadie puede engañar. *Sería un salón precioso, señora.* Victoria abre las ventanas y mantiene los ojos de par en par a pesar de la luz cenital despiadada que le quema la retina. Jamás, en todos los veranos que pasará en ese octavo piso, se cansará de los rayos directos e intensos del sol. Julián se acerca a la mujercita emocionada y se asoma a la ventana. Mira a lo lejos y reconoce los Altos Hornos, el orgullo de la ciudad, donde se extrae el hierro. ¿Ves las chimeneas allí? Victoria le da la mano a Julián ante el espectáculo de los hornos humeantes de la ciudad matriz de la metalurgia. Hay dos cuartos. *Uno para nosotros y el otro ya sabes para quién. Por favor.* El banco les concederá la hipoteca, Julián se esforzará por beber un poco menos y Victoria será más ahorrativa de lo que ya es.

La vuelta a París se acompaña de una vida frugal y una promesa: la del divino infante que ha anunciado el partero de su nueva existencia. El ginecólogo les ha explicado cómo será el protocolo. Vuelva y procure parecer encinta, que nadie le haga preguntas en el barrio, seamos prudentes, es una historia personal y los rumores podrían causarnos problemas a todos. En el Prisunic, Victoria elige con cuidado el cojín que llevará en la maletita con la ropa y el sobre con los billetes que van a servir para pagar los gastos de la clínica y del parto. *Mucho dinero.* No se puede regatear el precio de una vida.

117

Nunca cuestionarán la cantidad que pide el médico. Por una vez, la pareja no va a negociar.

Los cuatro meses que faltan para el nacimiento son silenciosos. Victoria y Julián se entrenan para guardar el secreto, o para callar, pues ni siquiera se atreven a hablar entre ellos de esta alocada historia. Se concentran en el trabajo cotidiano. Los pobres no presumen de riquezas venideras.

En el vestíbulo de la estación de Austerlitz, Julián lleva las maletas, ella su feto de poliéster. Victoria no sabía si ponerse el vestido de embarazada ya en el tren que la llevaba a Bilbao, pero tenía que entrenarse a vivir en su personaje. Antes de salir de casa, sacó el cojín y lo colocó hábilmente entre la piel y la blusa.

El piso todavía olía a pintura. Victoria se instaló en el nuevo sofá, encantada con su elección, terciopelo peinado marrón, suave al tacto, que acariciaba pensando si no daría demasiado calor en verano. Solo disfrutarán del piso una vez al año, en julio, las cuatro semanas de vacaciones pagadas que aprovecharán de un tirón.

Ahora los futuros padres debían ser pacientes, solo quedaban unos días. Victoria se entretenía bordando con aplicación punto de cruz en un cañamazo. Bordaba un cuadrito con una mujer y su hija, sonrientes. Para no salir de casa y que no le preguntaran por el embarazo ficticio, cada día bordaba la fantasía de su futuro próximo. El médico les había dicho que los llamaría la víspera del día que tenían que venir a la clínica. Bajo el bordado, Victoria colocaba el cojín para trabajar más cómodamente. El médico había insistido: «Ya verá, no es difícil, solo tiene que parecer una gruesa pelota de fútbol». Victoria era buena alumna. De vez en cuando lanzaba una mirada inquieta al velador con el teléfono rojo. Nadie lo había utilizado todavía.

En cuanto a Julián, se paseaba por El Corte Inglés para comprar el trusó de su futuro hijo y miraba los cochecitos. Una dependienta se acercó.

—Voy a ser padre, quisiera el mejor modelo.

—Tenemos un cochecito a la inglesa, con una suspensión muy cómoda, la capota impermeable azul marino. Muy elegante. De la marca Silver Cross, la misma que usa la familia real inglesa. El interior y el somier son de vinilo azul, el colchón está forrado con percal blanco, las ruedas cromadas tienen cuarenta y dos centímetros de diámetro, una altura agradable para la espalda de los padres o de la niñera. Neumáticos de caucho blanco, freno y sombrilla para proteger al bebé del sol. Ideal. Perfecto. El mejor para su bebé. Pruébelo y verá.

Julián colocó las manos en la barra con despreocupación. Subía y bajaba la capota. Era verdad que estaba bien fabricado el puto cochecito de la realeza. El puñado de billetes del bolsillo del pantalón adelgazaba día tras día y sentía que estaba a punto de desvanecerse del todo.

Julián se marchó empujando el cochecito vacío por los grandes almacenes. Nunca había tenido coche, ni siquiera tenía ni carné de conducir. El cochecito de lujo será el único vehículo que poseerá en su vida.

La gente se volvía a mirar cuando pasaba el convoy lujoso, algunos se reían al ver al hombre subiendo con esfuerzo la pendiente abrupta, los brazos tensos, las pantorrillas contraídas, los dedos apretando la barra. Julián se entrenaba para su futura carrera de padre. El cochecito estaba vacío, el vientre estaba vacío. Este hombre que no creía en Dios, se encontraba como José frente a María.

A las diez y cuarenta y cinco de aquella mañana de noviembre sonó el teléfono. La baquelita roja vibró bajo el dial. Julián estaba sentado en la cocina bebiéndose el tercer café. Sorprendido por el sonido agudo del teléfono, derramó el líquido oscuro sobre la camiseta blanca sin mangas. Victoria no se atrevía a descolgar, se quedó inmóvil bajo los bordados colgados de las paredes del salón. Había trabajado piadosamente hasta ese momento, la yema de su dedo índice llevaba las marcas de los pinchazos cotidianos.

El sonido continuó agresivo. No habían recibido hasta ese momento ninguna llamada.

Por fin, Julián descolgó.

—Sí. Mañana por la mañana. Muy bien.

—¿Quieren niño o niña?

Se quedó mudo, la pregunta del doctor lo había descolocado. Su mujer lo miraba aterrorizada. Se imaginaba lo peor. ¿Ya no tenemos bebé? ¿Ha muerto?

—¡Victoria! ¿Qué quieres? ¿Niño o niña? —dijo recuperando el aliento.

Victoria era puro alborozo ante el vértigo de la pregunta. Respondió sin dudarlo.

—¡Una niña! Sí, quiero una niña.

Julián la miraba, hubiera podido apostar a que pediría una niña. Claro que quería una niña. Se aclaró la garganta y repitió al médico.

—La niña.

Julián pasó el último día de su vida de hombre sin descendencia fumando sentado ante la ventana de la cocina. No podía tragar nada. Solo nicotina. *La Pinta, la Niña y la Santa María.* La frase daba vueltas en su cabeza, los nombres de las tres carabelas de Cristóbal Colón, sus clases de historia de

120

España. El camino de la paternidad, como la ruta de las Indias, estaba tomando un rumbo sorprendente.

Victoria se afanaba. Iba y venía por el piso pensando en su futura bebita, soñando con vestirla como una muñeca. *Mi muñeca.*

Solo una noche antes de conocer a su hija. La pareja apenas durmió. Pasaron seis horas dando vueltas y vueltas bajo las sábanas y respiraron aliviados cuando el despertador de hojalata anunció las cinco.

Victoria tomó su falso bombo forrado de tela y se abrochó bien la camisa de algodón grueso que había elegido para que no se notaran las irregularidades del almohadón. Julián, nervioso, no sabía si ir andando, pero había que llevar el cochecito y era un poco lejos. Sí, pero todo cuesta abajo.

Todavía era de noche cuando salieron. No querían cruzarse con los vecinos, que también se marchaban al alba para trabajar en los talleres o las fábricas de la zona.

El trayecto que separaba a la pareja de su recién nacido fue un calvario para sus nervios y sus arterias. La sangre pasaba trabajosamente por la coronaria y la aorta, de forma rápida y anárquica. Victoria no quitaba las manos de su vientre de ficción, de miedo que se escurriera hasta el suelo. Era su misión, mínima pero vital: avanzar, respirar, aguantar. Julián fumaba y fumaba sin parar. En dos caladas se terminaba un pitillo, demasiado corto. Sus labios tensos de angustia estaban oscurecidos por el alquitrán. La pareja no se atrevía a sonreír, o no sabía cómo hacerlo.

Al final de la calle vieron por fin el edificio, el del mes de julio, el de la promesa: tendrán un bebé. Adelante.

Aquella mañana de noviembre es el día de difuntos. Las calles están desiertas, todo el mundo se ha ido a visitar las sepulturas familiares. El programa del fin de semana festivo consiste en cementerios y tumbas. Qué pocos espectadores para una actuación tan pobre.

El suplicio termina en el mostrador de la clínica. El personal está al corriente, instalan a la pareja en una habitación. Victoria se aguanta las lágrimas mientras se quita avergonzada su vientre falso. Lo dejará en la habitación, la limpiadora lo tirará a la basura.

Llaman a la puerta. Es el médico, campechano ante el azoramiento de sus clientes. Todo irá bien, aguante un poco, solo una hora más. El pediatra está examinando a la pequeña una vez más y ya podrán verla. El ginecólogo mira a la casi madre y al casi padre, sonríe encantado de su papel de muñidor. No se olvida del sobre que le tiende Julián.

—No hace falta contar, ya sé que son personas honradas.

No intercambiarán palabra alguna durante los pocos minutos que la pareja pasa en la habitación. Julián mira por la ventana el espectáculo de la calle para matar el tiempo. Victoria se tumba en la cama de hospital, sigue con la farsa, tomándose su papel muy en serio.

Por fin, alguien entra, una monja con hábito. Lleva un bebé en brazos. Nadie podría decir con certeza si es niño o niña, pero las cintas y la mañanita rosa de ganchillo son indicios claros para cualquiera que lo vea.

—Esta es su hija. Llevará su apellido. Solo tienen que elegir un nombre. Este es el documento que llevarán al registro civil cuando sepan cómo se va a llamar.

Victoria y Julián se van de Bilbao con María. Por primera vez en su vida viajan en avión. En la carlinga, Victoria va aterrorizada. El dilema es violento, quisiera dejarse llevar por la angustia, la de su ignorancia de qué es un avión, pero debe cuidar del ser balbuceante, tranquilizarlo y dejar atrás su propia vulnerabilidad. Descubre el significado de la maternidad: consagrarse a otra persona. No flaquea y permanece erguida, con el bebé pegado al pecho, orgullosa. El rugido de los motores y la pista que se mueve le dan mareos. Tiembla tan fuerte que acaba tendiéndole el bebé a Julián.

Pasará todo el vuelo hecha un guiñapo. Lo contrario de Julián, que se expande a medida que se aleja del lugar del crimen, mientras el queroseno quema su culpabilidad. El aterrizaje los libera por segunda vez. Francia y una vida nueva, la ecuación familiar con una sola incógnita que es la niña desconocida.

En el bolso que llevan en bandolera, los biberones esterilizados, la leche en polvo, pañales y el libro de familia con la tinta sin secar. Sus ojos se disuelven en los de la criatura, sus manos aprenden los nuevos gestos, cada minuto es una victoria.

La primera sonrisa de la niña es una coronación.

19

Las ruedas del cochecito azul de princesa inglesa se estrenan en los caminos del parque Monceau.

El orgullo se les salía por los poros, era una exhibición. La niña era perfecta: piel clara, mejillas sonrosadas, ojos verdes. Ni siquiera les había hecho la afrenta de no parecerse a ellos. Nada parecía ficticio y el amor era sincero.

El pequeño brote verde crecería en el asfalto parisino.

Julián y Victoria abandonaban la buhardilla del distrito XVI por un nuevo trabajo. Un buen plan, una ganga, esta vez tendrían derecho a vivienda. Pronto se convertirían en los conserjes de un teatro, no muy lejos de Opéra, en el corazón de la capital de *la France*. Vivirían en un pisito de bolsillo, escondido en los meandros de los pasillos del edificio. ¿Qué puede haber mejor que un teatro para interpretar su nueva vida para tres?

Cuatro meses después, el bebé se puso enfermo de forma repentina y misteriosa. Ningún pediatra entendía lo que pasaba. La niña, apática, volaba de fiebre. Su sonrisa se había disuelto, dando paso a una mueca testigo de un sufrimiento inexplicable. Inquietante.

Julián y Victoria llegaron llorando al hospital infantil de San Vicente de Paúl, donde le dieron medicamentos por vía intravenosa. Se le había declarado una infección urinaria fulgurante. Inexplicable.

La niña se debatía en las manos de médicos y enfermeras. Hubo que atarla a los barrotes de hierro de la cuna. Julián, tembloroso, tenía ganas de atacar al personal sanitario, pero era consciente de que no era una buena idea en ese momento. Se quedó velando.

Con los brazos apoyados en las piernas, la cabeza entre las manos, el muy gilipollas no podía ni rezar, pero pensaba en sus cosas, en potencias superiores mucho más fuertes que él. No hablaba directamente con Dios, pero pedía a quien correspondiera que no se le muriera la niña. Con su voz interior, ronca, rota por el abuso de nicotina, llegó a suplicar. Como no le oía nadie, nadie se podía burlar. Y aunque se burlaran: le daba igual. Para salir de este infierno estaba dispuesto a meter la cabeza en una pila de agua bendita, si fuera menester.

Una mañana le pidió a Victoria, que se iba a la casa a buscar una muda de ropa, que trajera la máquina de fotos. Las horas de hospital y de angustia no son recuerdos que normalmente se quieren conservar, pero Julián, a falta de poder tomar a la niña en brazos, quería sacarle una foto.

Miraba a su bebé a través del objetivo de 35 milímetros de la Minolta. Quizá fue eso lo que divirtió a la niña. A pesar de las ataduras, del gota a gota y de los medicamentos que corrían por sus venas, sonrió. Miraba fijamente a la cámara y arrugaba los labios, dejando ver sus cuatro dientes minúsculos plantados en unas encías rosas y lisas del color del chicle.

Sobrevivió. La prueba y la preocupación consolidaron el amor que Julián y Victoria ya le consagraban.

20

Tu padre quiere hablar contigo.

Me llamaba cada día, más o menos a la misma hora, hacia las seis de la tarde, cuando sacaba a pasear al perro. Con el nuevo milenio, mi madre descubrió la libertad de la telefonía móvil. Cada vez que las cuatro letras aparecían en la pantalla de mi teléfono entraba en una crisis de angustia. M A M Á. Empezaba por una uña, luego una cutícula, abría la queratina, escupía, tiraba de un padrastro. Al final del día me sangraban los dedos. Luego empezaba con el cuero cabelludo. Me rascaba la cabeza como un mono, hasta excavar una pequeña herida, como un pequeño cráter sangriento en la raíz de mis cabellos. El miedo se deslizaba por mi interior como un río que se desborda. Las venas de mi cerebro se hinchaban de sangre, se me encogía el pecho, mi plexo solar se hundía.

—¿Mamá? ¿Qué pasa?

Siempre tenía miedo de una mala noticia. Es lo que ocurre en las familias de alcohólicos o toxicómanos. Mi madre nunca tenía nada específico que decirme. Tenía preguntas, peticiones: ir al banco, firmar un papel, llamar al médico, acompañarla al radiólogo. Era su ayudante personal, pero sin salario, salvo el papel de váter y las bolsas de basura que me regalaba cada vez que nos veíamos. Me comprará esas cosas toda su vida. Su material de asistenta, decía para justificarse. *Siempre hacen falta bolsas de basura.* Tenía razón.

Tenía miedo de esas llamadas cotidianas, miedo de las peleas, de la comisaría (donde mi padre acabó muchas veces) o del ataque al corazón. Hacía unos meses que se preocupaba por él más de lo normal. *Tu padre habla raro, cojea, se niega a ver a un médico, ya sabes cómo es.* Tenía miedo de irse con él de vacaciones, miedo de que se desmoronase «allí». Todo le daba miedo: sus ataques de furia, su violencia y, ahora, su salud.

Empezaba el día de noche, desayunaba hacia las dos de la mañana, un café viendo la tele. Pasadas las ocho, consideraba que ya tenía derecho a un trago. El paro, su orgullo, un amasijo de sentimientos de vejación y rabia lo habían puesto contra la pared. Ahora se quedaba enclaustrado en la portería, negándose a dirigirme la palabra. Se había enfadado sin una razón de verdad. Un día, sobre los veinte años, me había atrevido a rebelarme. Desde entonces se había cerrado completamente, todavía me echaba en cara un *piercing* o que le había llevado la contraria. El muy imbécil me hacía el vacío. Cuando me enteré de lo de la adopción, comprendí que la adolescente que había sido, mi crisis y mi rechazo, los había vivido muy mal, él, el padre adoptivo, el hombre que no había fecundado. Me decía que no se sentiría reconocido o aprobado. Tenía miedo de ir a verlo para decírselo.

—Es tu padre, está enfermo, te paso con el *doctor.*

Mi madre había conseguido traer a un médico de urgencias a casa. Mi padre no podía andar y no comprendía lo que le decía. Me puse al teléfono con el médico. *Por favor, explíquele a mi hija.* Yo escuchaba sus sollozos.

—Su padre ha tenido un ictus, hace meses, incluso hace un año. No ha dicho nada, es un tipo duro, porque seguro que lo ha pasado mal. Tiene una hemiplejia del lado izquierdo y se lo ha guardado para él. No ir al médico en este estado es realmente una hazaña. Desgraciadamente, no se puede hacer nada.

Yo no decía nada, pero en el fondo de mí misma sabía. Mi padre buscaba este punto de ruptura, con su alcoholismo metódico. Y consiguió la deflagración en la cabeza, solo, en su casa de parado. Aunque no tuviera sus genes, había heredado su tendencia a la autodestrucción. Comprendía su desesperación, la compartíamos, y su lado kamikaze, como cuando se arrancaba los dientes. Me impresionaba. Hubiera querido parecerme a él.

Mi madre me llamó unos días más tarde.

—Tu padre quiere hablar contigo. *Mañana* en el café del metro *Cuatro de Septiembre.*

Tras diez años de silencio, tenía una cita con el ogro temido y adorado de mi infancia, pero el cabeza de familia había cambiado. Disminuido, era de nuevo un niño pequeño, se dirigía marcha atrás hacia sus orígenes, doloroso repliegue físico sobre el ombligo. Lo vuelvo a ver, delante del café, avanzando con un bastón, con la boina de lana negra sobre su cabello gris, ni gota de calvicie, buen mozo a pesar de estar saboteando su organismo con tanta insistencia. Su brazo izquierdo está totalmente paralizado. Nos sentamos en la terraza, en su perímetro de seguridad: su calle, su bar.

—Me quiero marchar de aquí, quiero dejar a tu madre.

Su boca hacía movimientos giratorios descontrolados cuando hablaba. Fue entonces cuando se puso a llorar, no podía parar, totalmente abandonado. Me conmovía ver salir lágrimas de los ojos demacrados de este hombre. Normalmente, quien lloraba en esta familia era yo.

—Yo quería decírtelo, que eras adoptada. Decirte la verdad, pero con tu madre es imposible entenderse. Fuimos a buscarte a la clínica y lo demás ya lo sabes.

Estoy perdida, esto no me lo esperaba. De repente, abdica y me cuenta su versión de mi adopción, ofreciéndome un detalle que mi madre no me había contado, una anécdota más para mi colección.

En el aeropuerto de Bilbao, la Guardia Civil los había controlado cuando volaban a París, con su bebé tan reciente en brazos, pero no tenían papeles en regla. El ginecólogo corrupto los acompañó hasta el avión. Por si acaso. Y así fue: tuvo que jurar que la niña era nuestra para que dejaran embarcar a la pareja. Luego el avión despegó con la nueva familia.

Mi padre estaba en un estado de tristeza sin fondo. Me suplicó que le ayudara a dejar a mi madre. Quería descansar en una residencia, lejos de ella. Esto no me lo esperaba. Diez años de silencio que recuperaba en veinte minutos para contarme su verdad sobre la adopción, la enfermedad, su sueño de divorcio y de nuevo hogar.

Debía de estar pensando en los folletos del banco, con ancianos de sonrisa *ultrabright* y jerséis de *shetland,* pasando días felices en una casa de reposo. Árboles, una habitación nueva, un cielo de verano y el final del camino. El fin de la historia. Ahorre para la jubilación, piense en su entierro. Él nunca había premeditado nada, no era su estilo, pero estando enfermo se proyectaba lejos de Victoria. Quería esconderse para morir.

Poco tiempo después, organicé su traslado y milagrosamente le encontré una plaza en una residencia dentro de la ciudad a tarifas exorbitantes. Por ese precio le hubiera podido alquilar un dúplex en los Campos Elíseos. Robin nos llevó en un coche de alquiler. Mi padre se sentó delante, no se conocían. Mi madre se iba haciendo más pequeña, llorando a mares delante del portal del edificio, donde se quedaría sola en su portería. Con las manos y el corazón encogidos, sabía que lo veía por última vez.

Nunca me pidió noticias suyas. Y así es como mi padre sale de escena para no volver. Adiós al teatro, los camerinos, los compañeros de borrachera.

Tendrá una habitación individual, el único lujo de su nueva morada. La única disponible en la planta de alzhéimer. Él, que no había perdido ni un ápice de su cabeza, pasaría sus últimos días rodeado de ancianos desquiciados y agresivos.

Fui descubriendo las alegrías de las residencias de ancianos durante mi embarazo. Estaba esperando mi segundo hijo. La vida en resumen: acompañaba a mi padre mientras se despedía de su público, pero al mismo tiempo un bebé crecía en mi vientre.

Lo visitaba todas las semanas, teníamos que recuperar el tiempo perdido. Nos reíamos de sus vecinos seniles, estuvo a punto de poner en su sitio a una vieja especialmente belicosa conmigo, que me intentaba robar el iPhone cada vez que iba a comer con mi padre. Me gustaba esta nueva relación con él, se habían acabado las amenazas, las preocupaciones. Le traía dulces y a menudo tenía que ayudarlo a cambiarse los calzoncillos, sabía que no me iba a pegar. Ya no me daba miedo. Dependía de mí. Y yo estaba enorme, con mi abdomen prominente, andando como un pingüino por los pasillos de linóleo desgastado. El olor a sopa, a orines, a lejía me daba náuseas. Vomitaba sobre las zapatillas casi todos los días cuando salía de la guardería de viejos.

Aguantaba cuando estaba con él, pero este nuevo embarazo me preocupaba. Le había contado mi historia a la obstetra, las más dulce del mundo. Cuidaba de mí, me juraba que estaría allí, que no me separarían de mi bebé. La revelación sobre mi nacimiento y la ilegalidad que lo rodeaba me habían provocado una fobia a las maternidades que ahora me parecían antros de fechorías en potencia. Tuve a mi segundo hijo, por cesárea, un día de agosto. Un rey sol nacido en agosto, llegó en el crepúsculo del verano, bajo el signo de Leo.

Julián se marchó fumando un Camel sin filtro en la ventana de la residencia de la rue Avron. Una mañana, solo, sentado en su sillón favorito, con vistas al supermercado, la multitud del distrito XX y los atascos a las puertas de la ciudad. Lejos de la mirada de las mujeres. Murió de la enésima deflagración, explosión interna, nada que se pueda ver desde fuera.

A diferencia de las plantas y las frutas, los seres humanos nos pudrimos de forma invisible. Cáncer, tumores, infartos, ictus, todo se muere en el interior porque el hombre es deshonesto.

Se había ocultado para morir, el expatriado. Me dio tiempo a presentarle a su segundo nieto, dormido en el cochecito. Nos habíamos sentado en un banco, en el estruendo de la calle, al pie de la residencia. Fue el único día que salió del edificio. Hasta ese momento se había negado a ir a ningún sitio. Hasta ese momento. Yo había apartado la vista, no lo podía soportar. Estaba emocionada de ver al patriarca ante el bebé recién llegado. Había registrado a cada uno de mis niños con los dos apellidos, es decir, también el de mi padre. Más allá del apellido, no cabía duda: este hombre con pintas de Al Pacino de pacotilla era el abuelo de mis hijos. Aunque no hubiera nacido de la fusión de uno de sus espermatozoides con uno de los óvulos de mi madre, este hombre era mi padre.

Recogí los paquetes de bizcocho especiado que le llevaba concienzudamente en cada visita. La comida ideal para un hombre desdentado. También recogí su cuchilla de afeitar. La vista del pelo de su barba entrecana me dio temblores. Su peine de plástico, su ropa, sus calzoncillos, el televisor LED y el mando a distancia, la cartera de cuero negro con todos mis retratos de la escuela primaria. Todo ello terminó en un taxi.

No sabía a dónde ir con todas estas cosas, pensando en las bolsas de plástico en el maletero y en el cuerpo sin vida en el tanatorio. No quería volver a casa, soñaba con correr en secreto al aeropuerto y subirme a un avión para llevar los restos de mi padre a Tahití, el único destino de ensueño que citaba, él que no había viajado nunca. Las islas lejanas donde el calor, el agua color turquesa, la arena blanca y sus habitantes podrían hacer fantasear al hombre recluido, amargo y triste en que se había convertido. El hombre gris no era tan cínico.

Lo incineraremos en el cementerio Père-Lachaise. Dos mujeres que no conocía nadie se apuntarán a la ceremonia. Escucharemos a Joan Baez cantando un poema vasco. La urna se enterrará en el primer sótano, bajo una lápida de granito gris claro, grabado con letras mayúsculas claras. El cálculo fue sencillo. Setenta y un años de carne mortal, diez años de alquiler en el columbario. Me prometí dispersar sus cenizas por el Pacífico una vez cumplida la concesión.

Mis amigas estarán todas allí, nos reiremos bebiendo Côtes-du-Rhone, un vaso de vino tinto como último homenaje obligatorio al portero del Théâtre de la Michodière, nos acordaremos de cómo las aterrorizaba cuando venían a verme. Buenos días, señor. Adiós, señor.

Hegoak ebaki banizkio
Neuria izango zen
Ez zuen aldegingo.
Bainan honela
Ez zen gehiago txoria izango.
Eta nik,
Txoria nuen maite.

Si le hubiera cortado las alas
hubiera sido mío.
Nunca se habría marchado.
Pero así,
no hubiera sido un pájaro.
Y a mí
me gustaba el pájaro.

21

Me dispuse a comer el sándwich mixto del tren con mis cubiertos de madera.

Para mí es uno de los éxitos gastronómicos más impresionantes del mundo, junto con la *cheeseburguer* doble del McDonald's. Esta comida amalgamada, tibia y grasienta me reconforta el corazón siempre que la pruebo y me conmueve en un lugar especial, que no debe de estar muy lejos del hígado. Es la comida perfecta para la resaca.

El tren me llevaba sola de París a Hendaya, donde tomaría el autocar a Bilbao. Crucé el País Vasco español con la cara pegada a la ventana del autobús, mirando desfilar sus valles del verde más intenso que he visto, entre el tufo de las flatulencias y el plástico caliente. Unas semanas después de su muerte, llegaba a su ciudad natal.

Mi padre no había dejado testamento, solo cuatro mil cuarenta y siete euros en una cuenta en el banco y un piso. Tenía que liquidarlo todo. Mi madre hubiera podido instalarse en España y volver cada año a Francia para aprovechar la seguridad social, dentista y mamografías a un precio módico, pero estaba aterrorizada ante la idea de marcharse de París. Ella, que escupía a los *franceses asquerosos* ya no podía vivir sin ellos. Se negaba a volver a la tierra, como emigrante escasamente enriquecida. Su casa estaba aquí, era París.

Para liquidar la herencia, ironía de la situación, debía demostrar que era la hija de mi padre. Tras hablar con un notario, me fui al registro civil. Mi presencia entre aquellos muros me dio flojera: diez años después de haberme enterado de la verdad estaba en el corazón de la mentira. Diez años de búsqueda y de disolución de mi identidad en los que no me había enterado de nada nuevo. Volví a pensar en mis amigos virtuales adoptados, incautados o robados, todos ellos deprimidos por tantas mentiras. Mientras esperaba delante del mostrador, contemplando a la funcionaria, vestida con un jersey de mezclilla y unos vaqueros desteñidos, volví a pensar en la tarotista y en una de sus frases: Hay otro niño.

No va a ser posible explicarle a la empleada del registro esta historia de Jodorowsky, tarot, hija de nadie, revelación y adopción, pero una fuerza extraña me obliga a componer un relato, como un astuto bordado de mentiras. Me habita la misma energía que me había permitido tantas veces dar la charla a los revisores del autobús, los vigilantes de los grandes almacenes o los profesores de matemáticas. Sin premeditación, retomo la encuesta.

Le digo la verdad: soy adoptada, soy víctima de una adopción ilegal, sé que este documento es falso (pero lo necesito para pillar la pasta y vender un piso).

Le miento: mi madre biológica esperaba gemelos (eso lo dijo la tarotista).

Verdad: el obstetra le preguntó a mi madre el día que me vino a buscar si prefería niño o niña (lo que me dio la idea de la mentira).

Y luego le hice la pregunta que se derivaba de todas estas afirmaciones:

—¿Hay algún otro nacimiento además del mío en esa clínica el mismo día?

La mujer se quedó tiesa ante mi monólogo. Yo no dejaba de mirarla fijamente. Insisto.

—Formo parte de tantas historias sucias que tuvieron lugar aquí mismo.

Desaparece sin decir una palabra, va a buscar los enormes archivadores y vuelve con una nueva partida de nacimiento en la mano, que escruta atentamente.

—El mismo día solo hubo un nacimiento además del suyo: un chico nació el 2 de noviembre, quince minutos antes que usted. Atendió el parto el mismo médico.

La empleada del mes con el pelo corto traga saliva. Este país, esta región, esta ciudad, han vivido la Guerra Civil, el régimen franquista, la ETA, la vuelta de la monarquía y ahora le hablo de esta historia turbia, nacimientos falsos, bebés robados. *Quisiera vivir tranquila, ya está bien, este es un país moderno, el terrorismo se acabó. Hemos vuelto a la rutina, matrimonios, muertes, nacimientos. Sin llamar la atención, registrar a todos los seres humanos, demostrar las existencias, fechas, horas, firmar, certificar.* Soy un elemento perturbador.

Suspira, confiesa que los detalles son sospechosos, dos partos con el mismo médico y quince minutos de intervalo.

—Dime cómo se llama, *por favor.*

Quisiera suplicar, pero me abstengo.

La empleada anónima tras el mostrador me mira fijamente. Puedo percibir que es una mujer liberada, valiente y sensible, que no se preocupa ni de la Iglesia ni de sus superiores. Quizá incluso esté divorciada, habrá mandado al cuerno a su marido y ahora disfruta de fines de semana con sus amigas. Sus hijos son mayores, pasa de su padre y vota a la izquierda.

Por sus silencios, me muestra que está preocupada, que no sabe qué hacer.

—No puedo hacer una cosa así, vuelva mañana, que estará mi jefe.

—No puedo volver mañana.

Libramos una batalla muda, duelo de wéstern, pero sin burbon, sin armas de fuego, solo un papel oficial que sujeta en la mano. El objeto de mis deseos repentinos. La respuesta está ahí mismo, lista para salir del horno, como el sándwich del tren. Por fin he encontrado una pista, pero una ley impresa en mármol no me permite hacerme con ella.

—Escriba su historia en esta hoja, se la transmitiré a mi superior. Él podrá hacer algo por usted.

Bajo la vista hacia la hoja A4 virgen que desliza haca mí al mismo tiempo que un bolígrafo desgastado atado a un cordel. El plástico está grasiento de los dedos húmedos de los ciudadanos. Así que escribo, qué otra cosa puedo hacer. Redacto una sinopsis rápida y torpe de mi vida y de la búsqueda de mis orígenes biológicos. Con el nombre en la esquina superior izquierda y la fecha en la superior derecha: son reflejos antiguos de currículos y cartas de motivación.

Cuando termino, acerca la cara, desplaza el busto hacia delante, con el pecho apoyado en el mostrador. Echa un vistazo rápido a sus espaldas. Comprendo que está verificando que no la ve nadie. Entonces me susurra.

—Ibon.

Abro los ojos de par en par, la heroína del registro civil me repite con un hilillo de voz.

—Se llama Ibon.

Esta mujer es Mata Hari.

Muchísimas gracias, señora. Salgo temblorosa de la sala del registro. El nombre de cuatro letras gira en mi mente sin parar.

Salgo del edificio de granito oscuro. La luz blanca de Bilbao me quema el fondo del ojo tras la oscuridad de la gruta administrativa sin ventanas.

Mi vida es tan borrosa como mi vista.

En este mundo hay buenos empresarios, gente con olfato y sentido de los negocios. Lo comprendo al alzar la vista, con la maleta de la mano, y descubrir el nombre de la tienda de la acera de enfrente del Palacio de Justicia: La Tienda del Espía. Del puto espía... Intento enfocar el escaparate y su astuta ubicación geográfica. Enfrente de la administración judicial, de los tribunales penales, administrativos, civiles, de violencia sobre la mujer. El ser humano es retorcido, oculta secretos que pueden ser descubiertos gracias a este comercio. Los eslóganes impresos en los cartelones amarillos del escaparate no dejan lugar a dudas: «¡Hola! ¿A quién vamos a espiar hoy? ¿Tu pareja es infiel?».

Cruzo la calle, diez ridículos pasos, y pego la nariz al escaparate, donde se puede ver un maniquí vestido con gabardina y gorra de tartán, material de vigilancia audio y vídeo, bolígrafos cámara, mecheros USB, mirillas 4K.

Empujo la puerta.

—Buenos días. ¿Me podrían recomendar un detective privado?

I B O N. Encontrar a Ibon.

22

Victoria perdía la cabeza

También estaba perdiendo pie. Se caía cada vez más. Con todo su peso, sobre las baldosas, bum, la cabeza ensangrentada, ambulancias, a buscarla al hospital. Hacía poco que sufría vértigos y una combinación de diferentes patologías cuya lista me sabía de memoria. Tiroiditis de Hashimoto, colesterol, diabetes, hipertensión, asma, alergias, neuritis vestibular en 2010, que la había dejado totalmente sorda del oído izquierdo. Recitaba orgullosa la letanía, como un médico de pacotilla.

Conocía las moléculas de las múltiples pastillas que tragaba de la mañana a la noche, al menos mi madre y yo compartíamos eso, el amor a la química.

Uno de los médicos que la trató me preguntó una vez cuál era mi especialidad y en qué servicio trabajaba. Pensaba que también era del oficio, yo, que solo me ocupaba de mantener al día la historia clínica de mi madre. Me halagaba. Oh, no, en absoluto, es solo que me interesa, respondía falsamente humilde.

Me aplicaba, pues mi madre no seguía demasiado bien los tratamientos. Más de una vez tuve que llamar a urgencias por una intoxicación. Un día se tomó la pastilla para la enfermedad del corazón de su perro. Otra vez vació un frasco de vitamina D líquida en dos días, cuando tenía que durarle seis meses. Ya había perdido a mi padre, tenía que hacerla aguantar, no estaba dispuesta a ser huérfana por partida doble.

Victoria seguía mareándose, cayéndose, confundiendo las frases. Algo no iba bien. Ya sabíamos que era frágil, que la vida la había atropellado y luego había dado marcha atrás para atropellarla otra vez.

El día que mi hijo mayor empezaba el colegio, acabamos en urgencias del hospital Cochin. Yo pasaba de la preocupación a la culpabilidad, pero conocía su tendencia a exagerar. De nuevo ingresada, salvo que esta vez consiguió acabar en cuidados intensivos.

—¿Es su mamá?

—Sí, bueno, no, bueno sí. ¿Por qué?

—Sufre de hiponatremia grave, lo que explica su desorientación. La hemos ingresado para administrarle sodio en vena en pequeñas dosis. Tiene que estar bajo vigilancia.

La miro a través del cristal frágil, enflaquecida, desorientada, con el culo al aire. Un enfermero la está lavando. No le voy a perdonar que me abandone.

Saldrá de cuidados intensivos dos días más tarde. Entonces empieza un nuevo trabajo de investigación, médica esta vez, con mis colegas doctores, para comprender la causa de esta patología extraña y peligrosa. Me convierto en su asistente personal: consulta, escáner, análisis, mamografía, radiografía, fibroscopia. Conozco cada rincón secreto de la anatomía de mi madre. Solo faltaba una citología, pero, gracias sean dadas a Hipócrates, me garantizaron que no podía tratarse de un problema ginecológico.

El clímax de este maratón terapéutico fue el día que pasamos en el hospital Pompidou, en un servicio de vanguardia en el que debía, por este orden: orinar en un vasito de plástico blanco, cada hora, sin beber, luego bebiendo, luego aguantarse el pis y luego hacer análisis de sangre. Yo estaba en primera fila contemplando el desfile de secreciones orgánicas. Me suplicó que me quedara con ella. Yo justificaba mi presencia por su nivel de francés y por el hecho de que no entendía nada de lo que los internos o los médicos le decían de su hipófisis y su sistema renal. En aquella época, mi vida estaba entre paréntesis, totalmente volcada en la salud de mi madre. Mi proyecto de película estaba en punto muerto, me concentraba en mi único objetivo: que se curase Victoria. Estaba llevando dos investigaciones en paralelo. ¿Qué patología aquejaba a mi madre? ¿De dónde venía yo? ¿Estaba mi búsqueda de la verdad biológica en el origen de su enfermedad? ¿La mataría de tanto buscar? Sin embargo, le había ocultado la búsqueda de la verdad sobre mi nacimiento.

Un eminente doctor con un leve parecido a Mathieu Amalric encontró finalmente lo que estaba acabando con Victoria: una oscura enfermedad autoinmune, su cuerpo atacaba a sus propios órganos.

Cada una de nosotras bregaba con su batalla interna.

23

Cuando Victoria ya no sabía qué hacer, deambulaba por el Monoprix de la avenue de l'Opéra, sujetando bien apretada la correa de la Cathy, su perrita negra jadeante, un lhassa del Tíbet que parecía un ewok calvo y anciano. Hubiera podido ser un animal resplandeciente, pero Victoria se obstinaba en afeitarla, es más limpio. Se frotaba la uña del pulgar repitiendo sus oraciones, pero no sabía por qué rezaba exactamente. Durante mucho tiempo suplicó a Santa Rita, en la iglesia de Saint-Roch. Cada 1 de enero: «Por favor, santita mía, que Julián deje de beber este año».

En el supermercado, se dejaba transportar por las escaleras mecánicas, bajando a un limbo impreciso y luego siguiendo las flechas que indicaban el camino a seguir por los pasillos. Tomaba cada pasillo uno por uno, escrutando cada estante, cada condimento. Solo compraba comida beis: fideos, cubitos de caldo, magdalenas, patatas, pan tostado, margarina especial para el colesterol, taquitos de pechuga de pollo, arroz con leche. Tenía miedo de los colores, estaba enferma. Incluso comer se había convertido en un peligro. Estos alimentos de tonos neutros la tranquilizaban.

Ya no tenía marido, pero se aferraba a su trabajo en la portería, aunque había superado hacía tiempo la edad de la jubilación. Quería seguir trabajando para ahorrar y dejar algún dinero a sus dos nietos. Había decorado la portería con sus obras. Pegaba con cinta adhesiva sus dibujos y sus fotos en la pared. Bob Esponja y Pikachu para colorear eran el adorno de su vida. No importaba que el color se desparramase por todas partes o que estuviera todo tachado, sus trabajos manuales tenían para ella tanto valor como *La Gioconda*. Su descendencia era su religión. Solo estaba mimando a los hijos de su hija, es lo que hacen las *abuelas*. Cada vez que tenía que venir el Ratoncito Pérez, ponía cincuenta euros: un billete espléndido.

—¡No puede ser! ¡Cincuenta euros es demasiado, mamá! No entenderán nada del valor del dinero. Nadie paga cincuenta euros por un diente de leche, y sobre todo no una asistenta.

Victoria se enrabietaba, se bloqueaba. No era posible rechazar sus regalos dinerarios. Era su poder de superheroína: billetes recién sacados del banco. Nada de tarjetas o de cheques, ella solo creía en el valor tangible y seguro del vil metal.

Nunca se compraba nada. Su capricho eran los postres, especialmente las natillas de La Lechera. Su sabor lácteo y azucarado, blanco y marrón. Se comía varias una detrás de otra viendo episodios de *Colombo*. Solo salía para tomar un café por el barrio. Haciendo la ronda de los bares de Julián ocupaba el lugar del marido muerto, pero solo pedía descafeinados con leche. Necesitaba sentir la presencia de los borrachos. Cuando gritaban y apestaban a vino, por fin se quedaba tranquila. Se sentía revivir, sentada en la barra o en una mesa, observando a los clientes, hablando con desconocidos, observando a los niños y metiéndose donde nadie la llamaba. Entre los efluvios de tabaco de las terrazas respiraba mejor y tomaba menos Ventolín.

Luego se embrutecía durante horas delante de la tele. Incapaz de apagarla y dormir en silencio, la dejaba encendida, las ficciones la acunaban dulcemente. Las voces nasales de los actores de doblaje mantenían a raya a los fantasmas de Dolores, Santiago, Jesús y sor Isabel. Victoria estaba aterrorizada por una pesadilla recurrente en la que alguien le tiraba violentamente del pelo. Se despertaba una y otra vez asustada, frotándose la cabeza, despegándose el cuero cabelludo hasta que le crujían las falanges. Había sentido *de verdad* esa mano que le tiraba del pelo, de la misma forma que podía sentir el peso de la perra dormida a sus pies, el pequeño cuerpo cálido sobre sus dedos. Victoria pensaba que esta mano nocturna la llevaría a la muerte y la hundiría cabeza abajo en un agujero negro. Sobre todo, sabía perfectamente a quién pertenecía. Era la mano de Dolores, su propia madre, que vino a buscarla al convento y había sujetado la suya durante el trayecto de vuelta, una hora larga hasta la casa de hormigón. Dolores había apretado tan fuerte los dedos de Victoria que le quedaron entumecidos durante mucho tiempo.

Todavía hoy en día Victoria siente un hormigueo en sus extremidades. Para quedarse tranquila dirá que es la *artrosis*. Le dirá al reumatólogo: Me duele porque mi madre me obligaba a lavar la ropa en invierno en el mar, con las piernas y los brazos sumergidos en agua *muy fría*. ¿Habla usted español? Tiene *pinta de español*.

Esta vez es su hija quien le sujeta la mano en el hospital o en la consulta. Y le digo: Todo saldrá bien, *mamá*.

24

Llamé al detective.

Ese, cuyo número había apuntado en un papelito que había metido dentro de un libro. Estuve mucho tiempo pensando en llamarlo, pero tenía que escribir un guion, que cuidar de una madre, que educar a unos hijos y que demostrar a mi hombre que no estaba como una cabra.

¡Hola! ¿A quién vamos a espiar hoy?

La dependienta de La Tienda del Espía había mirado en la agenda: sí, tenía algunos detectives para recomendarme. *José Manuel, por ejemplo, trabaja muy bien. Es muy profesional.*

Por teléfono me respondió un hombre afable, de unos sesenta años. Le expliqué mi caso, la adopción, la ilegalidad, le dije que por fin tenía una pista para dar con mis orígenes: un niño nacido el mismo día, a la misma hora, en la misma clínica.

Lo que le decía le pareció razonable, me costaría quinientos euros obtener la identidad completa de Ibon, que no pagaría si no obtenía resultados. Estaba feliz, parecía tan sencillo.

En una extraña sincronía que no podía controlar, a la mañana siguiente, al alba, se puso en contacto conmigo un policía de Bilbao. Había recibido una reclamación del registro civil sobre mi adopción ilegal. Eso había sido de las escasas líneas redactadas apresuradamente en la hoja A4 del registro: habían ido a parar a un juez de familia, que las había convertido en demanda, que a su vez había puesto en marcha una investigación policial. Había perdido el control. Sin quererlo, me había convertido en demandante.

El ertzaina de voz grave y solemne quería poner orden en mi historia y debía viajar a Bilbao lo antes posible.

—En su adopción no hay nada claro, ni tampoco en estos dos nacimientos casi simultáneos. Habrá que hacer una prueba de ADN rápidamente.

La policía se había tomado mi problema en serio, parece que estaban haciendo lo adecuado.

—¿Y mi madre adoptiva? ¿No irán a acusarla de algo?

—No, ella también es una víctima.

No me atrevía a decirle que había estado en La Tienda del Espía, me había puesto en contacto con la competencia y había contratado a un detective privado, como en las películas. Daría una oportunidad a las dos vías, el detective y la policía. La oficial y la oficiosa.

En la comisaría de la plaza Zabalburu abrí la boca de par en par. El policía frotaba el interior de mis mejillas con un hisopo, demasiado fuerte, en mi opinión. Observé su camiseta, con el logotipo del FBI. ¿Le parecería serio ir vestido así siendo policía? ¿Quizá había caído en un mundo totalmente irreal? Parecía una farsa.

—¿Bebe? ¿Fuma?

—Sí...

—Vamos a recuperar también el ADN de su posible hermano. No se preocupe, le convocaremos por otra cosa y nos quedaremos con una colilla o el vaso en el que haya bebido. No se dará cuenta de nada. Le tendremos al corriente de los resultados, pronto sabrá si es o no su hermano gemelo.

Decidí cooperar y le conté toda la historia al ertzaina y a su compañera. Expliqué todos los detalles que sabía de mi nacimiento, la agente lo apuntaba todo en el ordenador, sin abrir la boca. Miraba sus dedos regordetes transformar mi historia en las frases de un atestado. En la habitación minúscula, de aire viciado, me encontraba mal, mis manos estaban cada vez más húmedas y calientes, me daba vueltas la cabeza. Pensaba en los miles de cosas ilegales que había hecho alguna vez. ¿Podrían volverse contra mí? Me venían a la cabeza todos los robos en grandes almacenes, los alicates que llevaba en la mochila para quitar el antirrobo, la cantidad de vaqueros Levi's y Cimarrón que me había llevado por ese procedimiento, las barras de labios de Monoprix, la ropa interior de Galeries Lafayette, poniéndome unas bragas encima de otras. No parecía que se me notara en la cara. *Nos pondremos en contacto con usted cuando tengamos los resultados.* Abandoné la comisaría convertida en cartón piedra, callando mi pasado de cleptómana y las últimas novedades de mi investigación. Omití que conocía la identidad del muchacho. Tampoco dije una palabra sobre el giro de quinientos euros hacia la cuenta bancaria del detective español que me había enviado por correo electrónico la partida de nacimiento de Ibon.

No me hacía falta mucho más para abalanzarme de nuevo sobre Google.

Mientras que el FBI de Bilbao investigaba, yo hurgaba por internet: apellidos, estudios, trayectoria, amigos, toda una vida por reconstruir. Todo es mucho más sencillo cuando tenemos un nombre y un apellido.

Estaba obsesionada por mi posible hermano gemelo. ¿Estudios? ¿Hermanos? ¿Lecturas, pasiones, partido político, orientación sexual? ¿Quiénes son sus padres? ¿Quién es su madre? ¿Podría ser mi madre? Iba reflexionando en las distintas posibilidades, cada una más hollywoodiana que la siguiente: bebés cambiados al nacer, embarazo gemelar... Ibon. Encontraba su rastro, intentaba asimilar su cara, haciendo desfilar las imágenes publicadas en las redes sociales. Intentaba identificar un parecido, una coincidencia. Horas y horas. Llegaba incluso a mostrar su foto a mis amigos.

—Estudiamos cine al mismo tiempo. Ha sido DJ, ahora es ingeniero de sonido.

Recopilaba fragmentos digitales de una existencia y los transformaba en materia para la esperanza. Modelaba su vida para que pudiera corresponder todo lo posible a la mía. Escribía su nombre una y otra vez en los motores de búsqueda. El resto de mi existencia estaba de nuevo entre paréntesis. Me las arreglaba como podía con un marido, dos hijos, la cena por hacer, darle la vuelta al pollo cada quince minutos, 190 grados Celsius, echar el caldo por encima, y el vacío de mi carrera cinematográfica. Todo me importaba un bledo, solo pensaba en eso, no era más que una chica que busca a su familia biológica.

A la espera de los resultados de ADN, intenté volver al lugar del crimen sin ellos, sin los míos, los había hastiado, estaban hartos del País Vasco.

Tenía excusas y cosas que hacer en Bilbao, la ciudad austera, este sur que es un norte. Poner en venta el piso de mis padres, pasearme por el barrio de mi abuela prostituta, ahora gentrificado, pasar por delante de la Misericordia, el internado de mi padre, beber a su salud en los bares de la ciudad mortecina, ir al Guggenheim, deambular entre las esculturas monumentales de Richard Serra, pasar delante de la clínica en la que nací, mirar fijamente a las mujeres. Recorría la ciudad en trayectos concéntricos en busca del núcleo duro imposible de encontrar, pero Bilbao no me daba ningún indicio de mis orígenes. Todo lo contrario, me sumía en un estado depresivo con su cielo grisáceo, sus edificios marrones y ese sirimiri perpetuo que me helaba los huesos. Solo había visto este lugar en verano, ahora estaba descubriendo su lado asténico.

Cada día hablaba por teléfono con Robin, me comprendía y me decía que hiciera lo que tenía que hacer. *Pero vuelve.* Mientras tanto, dormía en casa de mi amiga de la infancia Purificación. Nos habíamos conocido durante las vacaciones de verano. Era la única que no se burlaba de mis pintas parisinas. Ahora cuidaba de mí en cada viaje, me hacía de comer, los mejores huevos fritos en un barreño de aceite de oliva, me daba ánimos y sobre todo me hacía reír. Activa y generosa, trabajaba en el supermercado Simply de nuestro barrio, donde era *colocadora,* se encargaba de comprobar que el supermercado disponía de existencias suficientes de cada producto, procurando que las botellas estuvieran presentables y limpias, respetando siempre el itinerario que le asignaban. Puri me ayudaba a organizar mis ideas de la misma forma que ordenaba los estantes de gel de ducha, champú o desodorante. Yo era su cabecera de góndola. Me había enseñado a hacer churros y a enfriar cervezas rápidamente. Solo había que envolver la lata en un papel de cocina húmedo y meterla en el congelador y en diez minutos estaba fría. También me había enseñado que la buena gente existe, no solo en las películas navideñas. Puri me acompañó una noche al portal de la casa de Ibon; tenía su dirección gracias al detective y a la guía telefónica. Esperó conmigo varias horas. Nunca le vimos entrar o salir.

Tras algunas cervezas y los Lucky mentolados que nos fumábamos en la ventana, justo encima de la ropa tendida, caía rendida. Dormía en la habitación de su hijo menor, en su cama individual. Como una niña, tenía miedo de quedarme dormida. Pensaba en *Matter of Time,* la materia del tiempo, la obra de Richard Serra, en la sala 104 del museo Guggenheim de Bilbao. Cuando caminaba por el circuito de placas de acero macizo de forma aleatoria, por el bucle de acero oxidado, quería creer en un renacimiento, en mi propio parto. ¿Estaba perdiendo el tiempo con mi búsqueda? Me sentía atrapada en esta grieta oscura de mi vida. En su seno, bebía leche amarga. ¿Debía renunciar a buscar? Me veía como una niña caprichosa que se emperra en subir por las escaleras mecánicas mientras están bajando. Me deslomaba remontando pistas cuando lo que necesitaba era dormir. ¿Era mi perseverancia una voluntad de escapar al presente? ¿Invocar el derecho a saber me permitía huir de mis obligaciones familiares y profesionales?

Buscar me hacía sentir culpable. Sin haber encontrado nada, volví a París.

25

El resultado era negativo.

El ADN no correspondía. Casi había tenido un hermano. Hacía meses que vivía con mi gemelo virtual. Él no lo sabía, pero Ibon había formado parte de mi vida. Todo el mundo lo conocía a mi alrededor y de repente desaparecía de golpe. Así se desvanecían mis sueños de hermandad. Estaba cabreada. Leía una y otra vez el correo que me había enviado la Ertzaintza.

En relación con su solicitud de recopilación de datos por parte del equipo que ha dirigido la investigación, le informo: como quizá ya sabe, la clínica del doctor XXXXXX ubicada en la actual calle XXXXXX de Bilbao desapareció en 1985, cuando el solar fue ocupado por un hotel. El médico que la dirigía, XXXXXX, falleció en XXXXXX en 1997. En los servicios de salud no constan los datos de los nacimientos que tuvieron lugar en la clínica el 2 de noviembre de 1979, que se han obtenido a través del registro civil de Bilbao. Según dichos datos registrales, el 2 de noviembre de 1979 un

niño de sexo masculino y la demandante, doña María Larrea, na-
cieron en dicha clínica, esta última con una diferencia de 15 minu-
tos después del niño. No hay mención alguna que indique que nin-
guno de los dos fuera adoptado. No obstante, de la declaración de
la madre del niño, se desprende que una religiosa le pidió que diera
el pecho a una niña que sería adoptada en Francia. Asimismo, se
ha solicitado al registro civil que nos informe de otros nacimientos
que pudieran haber tenido lugar en fechas próximas del 02/11/79
en esta clínica y nos han comunicado que el 01/11/79 nació otro
niño de sexo masculino. Con el fin de determinar si hubiera algún
vínculo de parentesco entre los tres niños mencionados, la deman-
dante y los dos varones, se les solicitó que aportaran una muestra
de ADN, lo que aceptaron hacer, con la que se llevó a cabo un aná-
lisis mitocondrial. Los resultados son los siguientes: ninguno de los
tres individuos tienen vínculos de hermandad. Se ha solicitado asi-
mismo el ADN de las madres de ambos varones para realizar un
análisis del que se desprende, con un índice de probabilidad supe-
rior al 99,999 %, que son las madres biológicas de sus hijos respec-
tivos.

Dada la imposibilidad de realizar nuevas pruebas, el 18/02/16
se transmitieron al juzgado de instrucción n.º 10 de Bilbao los re-
sultados de los análisis, con lo que se da por terminada la investi-
gación policial.

Espero haber podido aclarar todas sus dudas.

En esta avalancha de frases de sintaxis administrativa imposible, un detalle perturbador y orgánico me llamó la
atención.

No obstante, de la declaración de la madre del niño, se des-
prende que una religiosa le pidió que diera el pecho a una niña
que sería adoptada en Francia.

Anoté esta información y la conservé para más adelante. En ese momento estaba harta de toda la historia. Llevaba diez años investigando y no había llegado a ningún sitio. Abandoné, destrozada de los nervios. Desanimada. Que te den, Bilbao, tus adoptados, tus bebés robados. O no robados.

Unos meses más tarde, la ciudad se volvió a apoderar de mí. Me llamaba el agente inmobiliario: por fin tenía una compradora para el piso.

Era el día de la Epifanía. Salí a comprar un roscón. Estaba haciendo cola en la panadería, mirando las distintas masas relucientes de mantequilla. ¿Quizá con un relleno de almendras empapado en ron? Antes de decidirme, acepté el precio que me ofrecían por el piso de dos habitaciones de mis padres.

Aquella noche, Robin y yo nos arreglamos para que nuestro hijo más joven sacara el premio. Abrí discretamente el bizcocho para saber dónde estaba escondido el muñequito de cerámica tan deseado, mientras que el niño gritaba nuestros nombres oculto debajo de la mesa.

Una vez que le coronamos rey y fue elegida su reina (su padre), escribí un mensaje por Facebook a la madre de Ibon. Quizá sería mi último viaje a Bilbao en mucho tiempo, iba a vender el piso y ya no tendría pretexto para volver. Hasta entonces no había querido escribirles, ni a ella ni a su hijo. Dejé que la investigación siguiera su curso, pero esta vez ya no tenía nada que perder. Ella quizá supiera algo. Después de todo, estaba también en aquella clínica.

No obstante, de la declaración de la madre del niño, se desprende que una religiosa le pidió que diera el pecho a una niña que sería adoptada en Francia.

159

Resumí la situación lo mejor que pude.

Hola. Sé que dio a luz el 2 de noviembre en la clínica XXXXXX. Yo también nací en esa clínica el mismo día y fui dada en adopción. Estoy buscando información sobre mi nacimiento. Si aceptara tomar un café conmigo estaría encantada, pues pasaré por Bilbao estos próximos días (vivo en París). Si no le apetece, también lo entiendo y no volveré a ponerme en contacto con usted. Muchas gracias. Espero no haberla molestado.

Begoña me contestó una hora después.

Mi familia y yo estaremos encantados de conocerte. Llámame en cuanto llegues a Bilbao.

Con el sabor de las almendras en la boca, las migas del roscón por todas partes, la lengua grasienta, me quedé temblando ante esta respuesta cálida y navideña. Los Reyes Magos no me habían olvidado.

26

Iba a vender el único bien inmueble que llegaron a poseer los dos emigrantes españoles. Era consciente de lo que había representado para ellos: las raíces, las vacaciones, los ahorros, la propiedad. En nada de tiempo, el fin de una época.

Volví a casa de Puri a primeros de febrero. Estábamos locamente excitadas de pensar en la reunión del día siguiente. En la cocina, bebimos una cerveza tras otra, enfriadas con el papel de cocina en el congelador, fumamos en la ventana, comimos patatas fritas y conservas caseras de pimientos para cenar. Hicimos mi cama entre las dos, pusimos la funda del edredón hablando de Begoña y repasando las noticias de cada miembro de nuestras familias. Luego nos instalamos delante de la tele, en el sillón de esquina de terciopelo rojo. El mismo rojo que su polo del supermercado Simply.

Puri salía a trabajar a las seis de la mañana. Me dejaba el exprimidor enchufado y kilos de naranjas (de oferta). Desayuné con sus hijos antes de marcharme al centro.

Llegué a la notaría con jaqueca. El día anterior me había excedido con la cerveza y pasé una noche fatal. Mis sienes se crispaban y se atornillaban a la mandíbula en una tensión constante. En una habitación sin ventanas, estábamos sentados a la mesa una mujer divorciada que buscaba casa, el agente inmobiliario que sudaba, abogados y notarios y yo. Parecía una niña bien, como una burguesa falsa. Me puse un blazer de lana negra y una camisa. Me había parecido buena idea vestirme para la ocasión. No era mi estilo y tenía mucho calor, empezaba a oler mal. Nunca había vendido o comprado una propiedad. Firmaba los papeles de la venta del piso con emoción. Mi padre había adorado ese lugar. Mi madre no dudó ni un instante: «Véndelo, no lo quiero». *Adiós, Bilbao.*

Al salir, miré el chat. Begoña me había escrito. Me citaba en un bar, a las seis de la tarde. *¿Cafetería Diana a las seis?* Por supuesto que estaría. *Claro, hasta luego.*

La ciudad estaba sumida en la oscuridad desde las cuatro de la tarde, caía una lluvia desagradable, gotas gruesas como puños. La humedad del invierno vasco me roía las articulaciones y me empapaba el pelo. No tenía nada que hacer mientras esperaba a que fueran las seis. Entré a matar el tiempo en El Corte Inglés. En cada departamento de los inevitables grandes almacenes, miraba el precio de cada artículo que no compraría. Hasta el momento en que tuve que decidirme a ir a la cafetería. Me había entretenido tan bien no haciendo nada que llegaba tarde.

Entré en un bar casi vacío, preguntándome si la Diana en cuestión sería Lady Di.

Una sola mesa de señoras mayores bebiendo chocolate caliente; una tragaperras solitaria; un camarero de pelo blanco tras la vitrina de las tapas. Entonces, veo a una mujer que se levanta al verme, en el fondo de la sala. Bajo la luz cruda de los fluorescentes es fascinante. Elegante, con clase. Me acerco febril y me presento. *Soy María.* Me sonríe.

—Yo soy Begoña, tu madre de leche.

Me quedo muda, atontada delante de ella. Otra frase lapidaria que hace que las ideas pasen por mi cabeza a una velocidad alocada. Pienso en el mensaje del ertzaina, la leche, la monja. Estoy en apnea. Me da un beso, me coge del brazo sin dejar de sonreír a pesar de la emoción que la embarga. Nos sentamos. Sigue con su relato, con los ojos anegados en lágrimas, su rostro está enmarcado por una hábil escultura asimétrica de rizos grises y blancos.

—Mi hijo no podía mamar, tenía frenillo y se me desbordaba la leche. Entonces vino una monja a la habitación y me hizo una propuesta. Me dijo que acababan de abandonar a un bebé que adoptaría una familia que vivía en Francia, en París. Que el bebé tenía hambre y que podía darle de mamar. Te trajo, tan pequeñita y, sin pensarlo, te di el pecho. Erais como mellizos en mis brazos, con mi hijo Ibon. Pensé que me podría quedar contigo, pero tenías una familia que te esperaba.

Recupera el aliento. Es curioso, las dos jadeamos, me embarga el soplo del afecto y de lo inesperado.

—Desde aquel día no dejé de pensar en ti y he hablado de ti a mis dos hijos. Cada 2 de noviembre, cuando celebrábamos el cumpleaños de Ibon, dejábamos un trozo de pastel para Loulou de París. Así te llamábamos. El famoso bebé al que había dado de mamar y que se había marchado a Francia.

No obstante, de la declaración de la madre del niño, se desprende que una religiosa le pidió que diera el pecho a una niña que sería adoptada en Francia.

Deja pasar un tiempo y añade:

—Mi hijo espera en el bar de al lado. Tiene muchas ganas de conocerte. ¿Puedo decirle que venga?

Frente a esta mujer que me hace un regalo tan bello y sorprendente vuelvo a ser una niña pequeña, un bebé. Acabo de descubrir una nueva mater, nutricia, que sirve de vínculo entre mis dos madres paralelas. Qué ganas tengo yo también de conocer a mi hermano de leche.

Entra en la cafetería con su novia y se sienta junto a su madre. Es él, Ibon, el que espié durante meses. Como si fuéramos gemelos. La tarotista tenía razón, no estaba sola. Begoña llevó de la mano durante un tiempo a este bebé abandonado. La niña que esperaba nuevos brazos, nuevos senos, sus miembros que se agitan sin coordinación ni control, su cuerpo eléctrico sobre la camilla de acero inoxidable impoluto del paritorio. Este bebé que busca el contacto, la pared del abdomen, la cuna, la lana de una mantita, por fin tranquila cuando la envuelven. Casi ahogada de amor. Lloré de hambre y me dieron de comer.

Pasamos la tarde recorriendo los bares de Bilbao, comiendo y disfrutando ante las tapas grasas y saladas, con extrañas sonrisas extáticas. Hacía solo unas horas que nos conocíamos, pero había tenido los labios pegados a su seno, había bebido la leche de su hijo, me había incrustado durante un tiempo en su mitología familiar. *Pensé que me podía quedar contigo, pero tenías una familia que te esperaba.* Esta frase resonará mucho tiempo en mi interior.

Cuando me acosté aquella noche, envuelta en el olor de los calcetines de deporte del hijo mayor de mi amiga, descubrí un profundo vínculo con los míos. Había llegado el momento de volver a casa.

Dos días después, el tren me llevaba de vuelta a París. Estreché a los niños en mis brazos. Besé a Robin. El jardin des Tuileries, el museo del Louvre, *los franceses, los parisinos,* Victoria. Cómo los había echado de menos.

27

Dos años más tarde. Unos días antes de la Navidad.

Estoy sentada en una silla de tijera delante de la librería Shakespeare and Company, ya ha anochecido. Escucho a la novelista Jeanette Winterson leer un extracto de su nuevo libro. Su voz sale de un altavoz, hay demasiada gente dentro, unos diez nos hemos quedado fuera. He venido sola, como una devota que va a escuchar un sermón. Todos los asistentes están encogidos para luchar contra el frío de diciembre y la humedad del Sena, tan cerca, a nuestras espaldas. Con la cabeza encogida entre los hombros escucho, pero no entiendo casi nada. No es que mi inglés sea muy malo, al menos es lo que creo, pues soy capaz de hacer reír a mi amiga canadiense. Hacer reír a alguien en una lengua extranjera casi cuenta como bilingüismo. Me concentro para captar lo que dice, pero me pierdo, así que me dejo acunar por el acento británico de Jeanette. Por fin puedo poner una voz a sus palabras.

Para mí, el interés no está en el texto que lee. Busco otra forma de conexión. Jeanette Winterson es una famosa autora británica. Hija adoptiva de una pareja de beatos de Manchester, escribió su primera novela a los veinticinco años. También es una de las primeras mujeres que estudió literatura en Oxford. A los cincuenta años publicó un ensayo sobre su trayectoria de adoptada y de escritora, *¿Por qué ser feliz cuando puedes ser normal?* La lectura de este libro me salvó cuando estaba en estado de choque al conocer mi adopción. En aquella época estaba en el fondo del pozo. Me hubiera podido tirar al río. Algunas noches deambulaba demasiado cerca de la orilla. Incluso había preparado una maleta con mis cosas por si tenía que ingresarme de urgencias en el departamento de psiquiatría del Hôtel-Dieu (había visto un documental de Raymond Depardon sobre este servicio). Era eso o tirarme por la barandilla del Pont des Arts. Jeanette también se había sentido atormentada hasta pensar de verdad en el suicidio en un momento de su vida. Lo cuenta en su obra. Superó esta fase depresiva alojada por la familia de libreros de la mismísima librería en la que me encontraba en este momento, escuchándola piadosamente. Me reconocía en su voluntad de burlarse de los momentos más difíciles de su vida y su texto era un eco perfecto a mi nueva identidad. Me aferraba a su trayectoria y me decía que todo iría bien, mírala a ella. En ese momento había decidido parar de investigar durante un tiempo. Estaba vacía después de haber sacrificado años de mi vida en esta búsqueda, y haber conocido a mi madre de leche me había apaciguado un poco.

De repente, había terminado. Sesión de firmas, larga cola de fieles. Estoy febril, con las manos húmedas y los pies helados. Es el momento que esperaba, acercarme físicamente a ella. Ya me toca.

Por fin tengo frente a mí a esta mujer que tanto me gusta. ¿Será incluso mejor que conocer a mi madre biológica? Está ahí, sentada, chaqueta de *tweed,* silueta frágil y mirada franca, encadenando firmas. Reconozco los aires traviesos que son patentes en la foto de la cuarta de cubierta.

Le digo que yo también (es alucinante lo bien que sienta poder decir *yo también*) soy adoptada y me enteré de mayor. Balbuceo en inglés, le digo que quiero escribir mi historia. Se queda tiesa. Silencio. Yo tampoco digo nada, miro fijamente el vaso de vino tinto que tiene sobre la mesa. Me lo bebería con gusto. Jeanette reflexiona un momento y me dice que es realmente muy duro enterarte de mayor de que eres adoptada. Asiento, sonriente, con un malestar de grupi a la que no se le ocurre ninguna frase brillante. Le tiendo un ejemplar nuevo de su último libro y mi ejemplar sobado de su libro adorado.

Lo abre, posa el dedo índice en la página, con la mirada perdida en el espacio virgen que tiene a su disposición. Entre el título y su nombre, se pone a escribir. Yo aparto la mirada, incómoda, como si estuviera tecleando el pin de la tarjeta. Luego le doy las gracias. Intercambiamos una sonrisa y abandono a toda prisa la librería, como una ladrona. Sin mirar atrás. Tengo que calmar mi corazón, que late demasiado rápido.

Un poco más lejos, bajo la mirada de Notre-Dame, en el kilómetro cero de París, por fin me atrevo a abrir el libro. Descubro su auténtica escritura, una frase manuscrita.

En la oscuridad del invierno, contemplo los arabescos de la autora y se dibujan sus palabras:

To Maria,
We can change the story because we are the story.

Pronto será Nochevieja y sueño con estar en otro kilómetro cero, el de Madrid, en la Puerta del Sol. La gente come una uva por campanada, doce uvas por los doce meses del año, trae suerte. Quisiera tragarme las semillas para que germinaran en mí mis propias raíces. Rodeada de desconocidos, podría pedir un deseo, encontrarla a ella, fijándome en cada mujer que ronde los cincuenta. Escrutando, buscando a la parturienta cero.

Releo su frase y de repente lo entiendo.

No recordamos el momento de nacer, pero lo podemos imaginar.

Cuando llego a casa, decido empezar una novela. Ya apunta a lo que quisiera contar, a falta de encontrar la fuente de mis verdades. Contar el racimo humano que formamos Victoria, Julián y yo, tres huérfanos de una misma nación.

28

Trabajaba en el guion de una película de terror sobre la maternidad cuando recibí un mensaje de un amigo. Estaba leyendo el principio de un artículo de *Le Monde* que me acababa de enviar. *Es sobre pruebas de ADN, quizá te interese.*

Ya me había hecho una, con una empresa suiza, dos años antes, en el momento en que conocí a Begoña e Ibon. Me dije que no podía haber nada más fiable que los suizos para cuidar un banco. Da igual que sea dinero o ADN, me parecían de lo más capacitado para trabajar con seriedad y discreción. Puedo confesar que el prestigio suizo me convenció. Siempre elijo la opción más cara, me siento más segura, ya sea restaurante, vino o jersey: el más oneroso será el mejor. Me equivocaba, los suizos no son líderes en el mercado. No obstante, me saturaron con toda la información que me mandaron sobre mi identidad folclórica. Noventa por ciento íbera, con un quince por ciento de vasca pura y dura, ocho por ciento escandinava. Estos datos justificaban que tuviera una sola ceja, mi amor por Suecia y mi carácter colérico. Pippi Calzaslargas pescando bacalao en Terranova.

Como no estaba suscrita a *Le Monde,* no pude leer el artículo entero. Me quedaba un noventa y dos por ciento de artículo por leer, pero ya la mancheta, en negrita, era bastante clara. «Sylvain L., un estudiante treintañero, había sido adoptado, pero nunca había intentado averiguar nada sobre su nacimiento. Hasta que compró un kit ADN por internet, un procedimiento que está prohibido en Francia».

Renuncié a pagar para descubrir la continuación. No sabría nada sobre Sylvain ni sobre su vida, pero si me habían enviado este artículo a mí, la adoptada, deduje que era porque en la parte que no había leído decían que este Sylvain había encontrado a su familia. En las últimas palabras visibles se podía leer *MyHeritage.*

Lancé una nueva búsqueda en mi venerado Google. MyHeritage: plataforma de pago de genealogía en línea. La empresa comercializa kits de análisis de ADN para realizar pruebas genéticas.

Así que me dije que si Sylvain lo logró, ¿por qué no lo iba a lograr yo?

Descubrí en tres clics que podía enviar mis datos brutos de ADN analizados por los suizos a la web de MyHeritage. ¡Y gratis! La vida está bien hecha y algunas empresas son mejores que otras. Un nuevo mundo de posibles relaciones genéticas, familiares, perversas, abusivas y virtuales se abría ante mí.

Hasta ese momento, mi larga búsqueda de los orígenes, mi adopción ilegal, posfranquista y pegajosa me había llevado a un callejón sin salida. Todo mi pasado se había hecho migas. Los culpables estaban muertos, las calles habían cambiado de nombre, los registros ya no registraban. El correo de mi amigo y el artículo a medio leer reactivaron la maquinaria de la esperanza en mi cabeza. Sospechaba una posible solución. Decidí inscribirme en MyHeritage y compartir una vez más el ADN infernal.

El procedimiento era sencillo: «Cuando frota el interior de su mejilla, las células epiteliales se pegan al bastoncillo. Son fácilmente accesibles y se pueden recoger de forma no invasiva. Las células recogidas en el frotis del interior de la boca también son células germinales, lo que quiere decir que el ADN que contienen es ADN heredado de sus padres, al contrario de las células somáticas que incluyen mutaciones que puede haber adquirido a lo largo de su vida. En cada una de estas células hay un núcleo, en cada núcleo hay una copia de su ADN, su material genético. El ADN es una molécula muy estable, no es fácil de destruir con cambios de temperatura o al introducirlo en un tubo de ensayo. Por esta razón, no es difícil de enviar al laboratorio por correo, sin precauciones adicionales o embalajes especiales».

Unas semanas más tarde, recibí los resultados. Tras todos estos años de purgatorio, fui generosamente retribuida. Había varias coincidencias con otros miembros de MyHeritage, y con un porcentaje muy elevado. Había hecho *match,* como en las aplicaciones de citas. Era inesperado, digno de una velada de celebración en el casino.

¿Cómo es posible que un primo hermano en primer grado, un tal Juan Pedro, haya decidido un día frotarse el interior de la mejilla izquierda y luego la derecha con un hisopo? ¿Él también quería descubrir secretos familiares? ¿Y esa tía abuela de noventa años, hoy fallecida, qué motivos tenía para analizar su ADN?

El caso era que acababa de descubrir una gran familia, tía abuela, primo hermano, sobrina en segundo grado. Para una hija única de una pareja estéril de emigrantes estaba aprendiendo un léxico nuevo.

Había empezado un relato poco tiempo antes y de repente aparecían nuevas pistas. A la vez que rediseñaba mi pasado familiar en un programa de tratamiento de texto, por fin podía vislumbrar la zona genética y geográfica de mis orígenes. La escritura tiene esta virtud insospechada de provocar reacciones en la realidad.

De nuevo estaba triturando internet, necrologías, LinkedIn, Facebook, Páginas Amarillas, Páginas Blancas y fabricaba un sucedáneo de árbol genealógico de esta tía abuela providencial. Descubrí que había fallecido. Había tenido un hermano y una hermana, así que uno de ellos debía ser lógicamente uno de mis abuelos. Sus hijos pasaban a ser candidatos a la filiación directa. Diez sospechosos. El abanico se reducía a medida que se agotaban mis talentos de investigadora.

Contraté a una especialista. Murièle, de los Vosgos y mexicana por matrimonio, hablaba español a la perfección. Conquistada emocionalmente y financieramente para mi causa, me acompañó en la cruzada. Pedía partidas de nacimiento a los diferentes registros, reconstruyendo el árbol de forma precisa y profesional. Un día llamó por teléfono a mi primo hermano por ADN. El que me ofrecía la verdad sin saberlo.

El primo se quedó sorprendido por la llamada de Murièle, pero le encantó su acento francés. Reaccionó como un caballero, me ofreció su ayuda para mi investigación y se congratulaba de conocer a un nuevo miembro (yo) de su gran familia maravillosa. *¿Cómo? ¿Una niña abandonada? ¿Una prima? No, la familia es una cosa sagrada, los niños son sagrados. La recibiremos como es debido, voy a hablar con mi hermano, porque tengo una sospecha de lo que pasó. Quizá no debería meterme, pero estoy pensando en una mujer de mi familia, una prima que llevaba, digamos, una vida disoluta. Quizá sea ella, pero lo tengo que comprobar. Nos vemos a menudo, hablaré con ella.*

Pero no volvió a hablar. El primo se había echado atrás, temeroso de asustar a su gran tribu. Su hermano le había dicho que no se metiera.

Murièle también tuvo miedo. La familia de origen era una familia burguesa, gran empresa de abogados, médicos, notarios, gente bien nacida y bien criada, bien alimentada, bien provista. Podían tomárselo a mal, difamación, atentado contra la privacidad o la intimidad. ¿No tenía ningún mérito por haber cambiado de clase social? El descubrimiento de estar ligada por la sangre a una familia poderosa, una familia de patrimonio, me dejaba un regusto extraño. Trajes azul marino y niños alimentados con buen pienso, imágenes de burguesía, de gran familia, estábamos muy lejos del, poliéster, el Arcopal y los Camel sin filtro.

¿Dónde estaba el error, el coito fatal que llevó a mi abandono, a mi desclasamiento? Como decía una publicidad antigua de empresas de trabajo temporal, tenía que usar mis talentos para sacar adelante esta última conexión, hasta llegar a mis ascendientes, como el hombre de Vitruvio.

La mexicana insistía, necesitábamos a alguien mejor dotado que nosotros para este trabajo. Había encontrado a una mujer en España, especialista en mediación familiar, adoptada y abogada, Beatriz. Era la persona ideal. Por teléfono me deslumbró. Nadie había captado nunca mi necesidad tenaz y profunda de saber de dónde venía.

Con sangre fría, un sólido bagaje jurídico y un conocimiento muy íntimo del tema, se ocupaba de llamar a todos los miembros de la *familia,* uno tras otro. Solo necesitó una carambola: había encontrado a un hombre en la rama adecuada. M. no era el genitor, pero sí un miembro lo bastante próximo de mi madre biológica, si había entendido bien. La noticia le noqueó. Una niña, abandonada, adopción en Francia, el ADN ha hablado, es alguien muy próximo. Confesó que tenía dudas sobre una mujer, su hermana.

M. había sido amabilísimo por teléfono, así que lo di por bueno, Beatriz no era una tierna florecilla a la que fueran a engañar. Si ella lo daba por bueno y se alegraba de su forma de enfocar las cosas era porque todo parecía que estaba bien.

Unos días después, una tarde de junio, recibí una llamada de Beatriz.

Siéntate. Felicidades. Lo ha confirmado.

La mujer de la que sospechaban había dicho que sí, que era la madre de aquella niña.

Me senté en el borde de la cama y grité: ¡No!

Siempre me han gustado los perros.

Ahora sé que soy como ellos, soy una perra.

Mi manada me abandonó y me destetaron. Bebí agua fresca a lengüetazos y comí lo que me daban. Ladré y lloré de miedo de que volvieran a abandonarme. Me ponía nerviosa cuando mis dueños hacían la maleta y me volvía loca de contenta cuando volvían a casa. Corrí tras ellos y salté sobre sus rodillas. Dormí a sus pies. Busqué las caricias y las golosinas.

Esto es lo que soy, un animal herido y obediente a la correa. Soy dócil, no muerdo para no recibir palos. Gimo por la noche en medio de las pesadillas, con la lengua colgando y mi vida de perdedora. Se lo suplico, póngame la mano sobre la cabeza para que me tranquilice.

Soy una perra que buscaba a su manada, pero ya la he encontrado.

Descubrí que la mujer tenía las mismas iniciales que Michael Jackson. Por fin conocí la identidad de mi madre biológica y busqué el punto en común, el saliente al que podría empezar a aferrarme, el que haría posible la empatía. La filiación.

Siempre me amigaba o me enamoraba de los que escuchaban la misma música o disfrutaban con los mismos libros que yo. Si un tío había leído *Martin Eden,* escuchado a Talking Heads, me arrojaba a su cama. Por no hablar de los signos del zodiaco, que eran una prueba adicional, el comienzo de una historia o su final. Mi madre biológica compartía las iniciales del niño blanco y negro, del niño prodigio, el niño conocido de todos. El niño que yo no había sido.

Desde el día en que supe por fin el nombre de mi progenitora me transformé en vampira sedienta de información y de detalles. Grandes, pequeños, insignificantes para el común de los mortales, pero de una potencia tan devastadora como analéptica. Los perseguía, tras tantos años de buscar y buscar. Reventaba de ganas de ver una lista de puntos en común entre nosotras, buscando en cada indicio similitudes, complicidades, sincronías. Como en el juego de la rayuela, quería ir por delante, saber dónde estaba la tiza. Escondía el terror y el rencor en un juego de buscar y encontrar. En el teléfono, en el ordenador, escribía su nombre una y otra vez, recorría internet para intentar tener una dirección, un oficio, un rostro, un perfil. Sabía, no obstante, que solo el encuentro, el de la carne y la sangre, el aroma y la exudación, me daría satisfacción plena. Cuando me imagino que escucho su relato, me sangra un oído.

Beatriz se puso en contacto con la progenitora, la tranquilizó sobre mis reivindicaciones (solo quería mi historia y nada más, nada de dinero o de problemas, venía en son de paz) y propuso organizar una entrevista. Las dos estábamos de acuerdo, pero necesité dejar pasar el verano, preparar el choque de la confrontación, dejar que mi miedo se tostara al sol.

En una ciudad elegante del País Vasco español, cerca de la frontera entre los dos países, en un contexto diplomático y bien educado, tendría lugar el encuentro entre la que persigue y la que se esconde.

Por cada kilómetro que avanzaba el tren, la secreción de adrenalina aumentaba en mi organismo. En el hotel, me atacó una crisis de pánico y tuve que acunarme sola para tranquilizarme. La pandemia había vaciado los minibares de los hoteles, tenía que bajar al bar y enseñar la patita si quería restañar mi angustia, dar relieve a mi sonrisa, reavivar mi aliento fétido de viajera.

Así que había bebido. Unas horas me separaban del momento en que conseguiría enganchar los vagones del tren. Me duché, penosamente. Enjaboné cada parte de mi cuerpo, todavía borracha, me tambaleaba. Intentaba disolver la mugre de mi mal humor y la suciedad de mi abandono. No quería presentarme ante mi madre biológica con la misma amargura de mis gin-tonics. Me pasé la mano por la cicatriz de la cesárea, casi borrada, justo encima de mi vello público, oscuro, mi coño de española. Oler a azahar barato, a almizcle sintético, desodorante de limón. Limpiar cada intersticio entre los dientes hasta que sangren las encías. Cepillar la mata de pelo. Me preguntaba si el suyo tendría el mismo color o la misma textura. Ponerme el pijama Uniqlo que se supone que deja pasar el aire entre las fibras, caliente pero fresco, feliz, pero triste. Fue una noche cubista.

Era una hermosa mañana de septiembre, el tiempo de mierda que me pronosticaba el teléfono había cambiado milagrosamente. Las extrasístoles de mi corazón me indicaban que era la hora de salir. Nació en marzo, es piscis, un signo de agua, debe de ser muy emotiva. En el ascensor pensaba en gilipolleces por el estilo. Y también, será rubia de bote, yo siempre he querido ser rubia. Ha estado en Rusia, yo aprendí ruso en el colegio. Sus pasos resuenan en el vestíbulo, está llegando. Unos minutos más antes de la liberación del segundo parto.

Y el encuentro tuvo lugar. Fue un 11 de septiembre, una bebió agua con gas, la otra un vermú. Una iba de negro, la otra iba de blanco y verde. Una era más alta que la otra. Nos contamos décadas con palabras escasas, en algunas frases, dos o tres horas resumiendo unas vidas baqueteadas. Le conté mis pesquisas, las de la niña que busca sus orígenes. Le conté cómo había reconstruido el puzle hasta ese momento. La culpable de la procreación presentaba un aspecto contrito, de circunstancias. Previsible. Salvo cuando anunció con una nota de orgullo que había logrado ocultar el embarazo a sus padres, sus hermanos, sus dos hijas, con una faja que le había robado a su madre. Una faja que le comprimía el vientre. Sin embargo, yo había crecido en esa alcoba húmeda y constreñida. Mi pulsión de vida había sido más fuerte. En ese momento vi sus dientes, me quedé hipnotizada por esas dos filas tan rectas, dos filas fascistas, enderezadas por un dentista carísimo. Los dientes de la burguesía, mandíbula sólida, los colmillos que muerden. Me atreví a preguntar por mi padre biológico, el gran olvidado de esta historia. Me respondió que no se acordaba, que había sido una noche loca. No insistí, tampoco necesitaba saber más. Estaba exhausta por todas estas familias con las que ya no sabía qué hacer, me ahorraría la identidad del progenitor.

Lloró cuando le pregunté por sus hijas, mis hermanastras. No quería presionarla poniéndome en contacto con ellas. Si alguien debía hacerlo era la madre. Ella. Sabía que sería complicado. Vi el miedo en su mirada, los nervios en sus dedos, salió a fumar un cigarro. Entonces bebí un poco más. Ron miel. Sonreí, no solo porque estaba borracha, sino porque estaba contenta, había ganado. Como en un juego de mesa, estaba en la casilla de llegada. Abracé a mi progenitora y le dije: Gracias.

A unos pasos del hotel me esperaba la bahía de San Sebastián, un fragmento de océano. Quería nadar entre las olas para purificarme. Beatriz me acompañó a la playa, ya era de noche, no había nadie bañándose. Me puse el bañador tiritando. El sol me estaba regalando una orla rosa y tornasolada en la lejanía. Un cielo de postal. Entré suavemente en la matriz. No tenía frío, me sentía bien, iba soltando largos sollozos. Una amiga, también adoptada, me había dicho: Puedes aullar debajo del agua. Hazlo, sumérgete y aúlla.

Nadie me podrá escuchar en el santuario de la madre.

Así que grito, aúllo mi revancha. No tiraron al bebé con el agua del baño. ¿Puede escuchar mi madre el sufrimiento del abandono? Mis lágrimas se mezclan con el agua salada, salgo, suelto una carcajada en la arena y aprieto los puños.

Estoy celebrando mi victoria.

31

No pensaba que algún día le enviaría una carta a mi madre.

Después de conocernos, le escribí una. Le daba las gracias por haber aceptado conocerme y le enviaba un cuaderno verde personalizado con sus iniciales. El mismo verde del chaquetón que llevaba cuando la conocí. Un cuaderno virgen para que, si estaba inspirada, si lo deseaba, escribiera historias que yo pudiera leer.

Ella también me mandó una carta y una joya. Me dijo que usaría el cuaderno verde. Miro la joya, es un colgante. Una cruz antigua con zafiros azules.

Me la pongo con su cadena alrededor del cuello en cuanto la recibo. Camino por París y toco la crucecita con la punta de los dedos. Podría pensar en el simbolismo cristiano, tan cargado de sentido, pero quiero ver dos caminos que por fin se cruzan, el de mi linaje y el mío. Dos caminos que se cruzan como se cruzan las calles del barrio de l'Opéra. Todo son historias de deambular, de *big bang*. Puedo sentir cómo mis células se recolocan en su lugar. Hablamos de raíces, de la necesidad de anclarse, pero ese día me siento ligera como un pájaro que alza el vuelo. Soy libre. Me he liberado de las ataduras, de una deuda misteriosa hacia todas estas parentelas sufridas, perdidas o encontradas.

Estoy en la place Colette y me siento en la terraza de un café. Espero a este nuevo tío recién llegado a mi vida. Ha venido a París de turista, así que aprovechamos para tomar un café y, por qué no, un poco de vino. Es tierno y afectuoso, veo en él la voluntad de reparar un pasado doloroso que estuvo fuera de su control. Me ofrece el relato fragmentario de los fastos desvanecidos de nuestros antepasados en Cuba, emigrantes que hicieron fortuna en las destilerías de ron, de La Habana a Jamaica. A mi vez, convoco mi infancia y la llevo hasta el Théâtre de La Michodière. Voy a dejar en la sombra un poco más a mis rústicos padres, los que no tenían nada y me lo dieron todo. Quiero proteger a Julián y Victoria de los juicios apresurados sobre sus ignorancias, sus torpezas y su pobreza. Mi única herencia fue su amor.

Unos días más tarde recibo un mensaje. Mis dos hermanas mayores están al tanto. Nuestra madre ha hablado con ellas. Me esperan en la casa familiar, estación balnearia del Atlántico, ciudad burguesa y católica, verde y azul y gris. Me dicen que me esperan con los brazos abiertos. Dicen que el año que empieza solo puede ser mejor, *ya que nos has encontrado*. Dicen que querrían viajar en el tiempo y abrazar a la niña de la foto. Dicen que sienten un vacío en el corazón que quisieran llenar, quiero recuperar el tiempo perdido. Dicen que tienen miedo de ser pesadas, pero la espera ha sido demasiado larga. Dicen que me mandan un beso muy fuerte.

32

Para mi viaje hacia la ciudad de mi diabólica concepción no me he privado de ningún extra: primera fila, embarque prioritario, opción Flex plus. Es una compañía aérea *low cost* española, así que el regalo es asequible.

Me pongo el cinturón con el corazón en un puño, los regalos en bolsas de plástico y bombones fabricados en París. Siempre me ha dado miedo el avión, pero el vuelo es demasiado corto como para beber o tomarme un calmante, así que hojeo las revistas, lo único que me puede tranquilizar cuando el avión despega. Quiero anular los pensamientos y las divagaciones. Durante un instante me imagino que el avión se estrella y una línea en la sección de sucesos: «Uno de los pasajeros, una mujer adoptada, iba a conocer a sus hermanas biológicas». No habrá ni una turbulencia.

Cada paso que me lleva del avión al vestíbulo de llegadas es una prueba. Mi madre biológica y mis dos hermanastras me esperan, están ahí y yo estoy aterrorizada por mi posible emoción y por la suya. No estoy preparada para efusiones. Me peino rápidamente, un toque de barra de labios. He elegido la ropa concienzudamente, me he puesto algo más de perfume de lo habitual. Quiero estar presentable. Pensé: ¿y si hasta ahora he logrado el éxito social para ser aceptada y aceptable en mi vuelta a la familia biológica? Mis estudios prestigiosos, el aburguesamiento, los buenos modales, mis hijos en escuelas privadas, mi reloj de acero, mi corte de pelo de doscientos euros y mis vaqueros de Acne Studios, ¿no serían para que ellos me acepten?

Las puertas automáticas del aeropuerto se abren sobre una mujercita. La reconozco, la progenitora, el punto de partida. De repente me parece diminuta. Me sonríe. Mis dos hermanas también están ahí. Es la primera vez que las veo, pero ya las conocía de antes, cuando estaba en el útero de nuestra madre. Pensé: cuando era un feto escuché sus risas y sus cánticos de niñas. Nosotras también tenemos un secreto, que llega de los tiempos de la inocencia.

Están delante de mí, tímidas. Copiando a los anglosajones, me arrojo a sus brazos y las abrazo sin pensar. Es mi respuesta a la angustia del encuentro. Yo, la aparecida, resucitada de entre los muertos y las mentiras, intento demostrar mi existencia a través del contacto físico y de la calidez, ya no soy un fantasma.

Caminamos por el aparcamiento, la maleta camina a mi lado sobre las ruedas, como siempre, y sigo sin ser consciente de lo que pasa. ¿Tampoco ellas? Somos cuatro mujeres, de cuarenta a setenta años, nuestros físicos son diferentes, nuestras trayectorias son opuestas, nuestra ropa no hace juego, nadie podría imaginar lo que se está tramando y anudando entre nosotras. Casi puedo escuchar a Pedro Almodóvar gritando: ¡Corten!

En esta ciudad a la orilla del mar, a una hora de Bilbao, doy mis primeros pasos sobre la tierra en la que habría podido vivir y crecer. Mis hermanas me han instalado en el hotel más elegante, frente al mar y de espaldas al casino. Todavía no son las vacaciones de verano. Los surfistas llevan monos de neopreno, la playa está vacía. Coloco mis cosas en la habitación para crear un territorio indispensable para el tsunami de datos y de emociones que me espera. Estoy en apnea.

Mi viaje está pautado como el de un ministro. Vamos a pasar tres días intensos en los que cada instante está programado. Me tratan como una princesa que se fue hace mucho tiempo. En las cenas y festejos beberé vino blanco, nos reuniremos alrededor de la comida ibérica, nuestras lenguas se soltarán gracias al alcohol. Descubriré la sororidad. Estas dos mujeres son impactantes, inteligentes y sensibles. Pensé: qué suerte tengo. Se ocupan de mí y compensan en tan poco tiempo los cuidados y atenciones que no siempre tuve. Se dieron cuenta de que me gustaba beber y comer y tendré todo lo que quiera a mi disposición: regalos, atenciones, delicadeza. Y las risas. Son estentóreas y sinceras. Mis hermanas. Quiero que sean mías, me apodero de ellas porque son finas y divertidas. Las venero porque me protegen en cuanto pongo los pies en la tierra familiar. No se ha perdido el tiempo, no quiero lamentar nada. Todavía nos quedan cosas por vivir.

También pasaré unas horas a solas con la progenitora. Un paseo a la orilla del mar y una charla en una inmutable cafetería española. Me hablará sin parar de su juventud, denominándose la oveja negra de la familia. Entre dos anécdotas me dice como quien no quiere la cosa: «Te he dejado vivir». Yo pienso: parece la letra de una canción de Julio Iglesias, la cara B de uno de sus éxitos de los años setenta. Lo pienso pero me lo callo. Me sirvo más agua con gas, la más salada del mundo, Vichy Catalán. Tengo que tragarme lo que me acaba de decir. Ella se da cuenta y dice que es broma, pero el golpe está ahí, es una estaca que me atraviesa el alma. *Te he dejado vivir*. Una deuda más, y es considerable. Pero técnicamente tiene razón.

La manzana podrida, ¿no? Quisiera gritar que no soy lo que ella ve. Que quiero dejar de sentirme culpable de haber venido al mundo. No diré nada. Termino el último trago y dejo que mi ira se evapore.

Durante el viaje también conozco a mis nuevos sobrinos, que son una bendición. Los niños no tienen las mismas perspectivas que los adultos. Son auténticos, viven en el tiempo presente, buscando la satisfacción permanente. Contemplarlos y hablar con ellos me salva del desmoronamiento y de la presión que siento en todo mi cuerpo: cabeza, nuca y hombros tensos. La tuerca ha dado una vuelta más y ya no me puedo escapar. He deseado tanto saber, encontrar, que ahora estoy aquí.

Cuando me marche pensaré en ellos.

Victoria y Julián no abandonan mis pensamientos ni un instante, mis padres chiflados. Este viaje lejos de ellos me los acerca todavía más.

«Puede tramitar su tarjeta de embarque».

Tres días más tarde, la compañía aérea me recuerda que me voy al día siguiente. Todo ha sido tan rápido. Incorpóreo: en nuestra historia no hay nada meritorio o poco meritorio. He venido por el finiquito. Sin gastos, sin compensación. Me marcharé como la primera vez, como en el instante de mi nacimiento. Sin pedir nada.

Lo que me ha enseñado este periplo tan corto como potente es a aceptarme. Yo, mi encarnación, mi historia y sus sorprendidas protagonistas. Gracias a la perspectiva que me ofrece esta vuelta a los orígenes, acabo de aprender la profundidad de campo. Veo cómo mi familia se dibuja. Una familia desajustada, de abandonados y bastardos, pero mía, nuestro clan minúsculo junto con mis padres, Victoria y Julián.

El lunes hago por segunda vez este trayecto de una mujer a otra. Sé dónde está mi madre. Mira la tele hablando con la perra o habla con la perra mirando la tele. Y sé lo que le debo a mi madre biológica: haber tenido a Victoria. Quizá sea lo único que le puedo agradecer: que me haya abandonado.

33

Fue una noche como las demás, una noche como tanto le gustaban a su hija.

El domingo por la noche, salían de cenar en el restaurante chino de la avenue de l'Ópera, el que tiene una planta arriba, ventanas grandes y vistas a la calle, el centro de la mesa que gira, el mejor arroz cantonés y el pato laqueado más reluciente del barrio. La familia se había puesto de tiros largos. Victoria se había maquillado, sombra de ojos violeta irisado, más perfume de lo normal. *Paris,* de Yves-Saint-Laurent, un ramo de rosas para la española. Julián había dejado la boina en casa, como el día en que acompañó a su hija a un concurso de ortografía. El éxito de su hija le llenaba de orgullo. Triunfaría en la vida porque había tenido la mejor nota en dictado.

Era una noche tranquila. Julián había llevado la máquina de fotos, la hija hacía el payaso para su padre fotógrafo levantando los palillos que no eran capaces de atrapar ni un grano de arroz. La niña había apostado a que se comería todo el plato, un grano tras otro. Había que saborear el instante, cada guisante, cada minúsculo dadito de cerdo. Dejaba que el sabor salado le abriera las papilas, para que la saliva hiciera su trabajo con los alimentos, para que cada bocado fuera delicioso. María sabía que tenía que disfrutar el momento, en la calidez del restaurante chino de postín de la avenue de l'Ópera, la coquetería de cada uno de los tres, la propina generosa de Julián. La enorgullecía verlo tan espléndido, pagando con billetes de banco nuevecitos, como recién planchados, que sacaba del bolsillo con un gesto preciso de la mano.

De aquella noche tranquila quedará una foto enmarcada en la que posan los tres: el padre, la madre y la niña. La sacó el camarero con traje blanco y negro. Enfocó correctamente sin olvidarse de encender el flash. Luego pulsó un botón para que existiera esta fotografía de la familia feliz. Las sonrisas sinceras bajo el cristal, enmarcadas, en el sótano, pero también en un rincón de sus memorias.

Es nuestra historia.

Epílogo

Nací a la sombra de una mujer.

Podrán decir de mí que soy bastarda.

Nací a la sombra de una mujer con los secretos bien guardados por una sutura hábil.

Mi madre se confesó: Soy la madre de la mujer de las sombras. Me señaló y dijo: Es ella y está ahí.

Reconoció la fruta podrida al pie del árbol genealógico.

Del tronco imponente ha salido una astilla minúscula. Se ha metido dentro de la uña del dedo índice de mi mano derecha. El dedo que suele aporrear el teclado del ordenador. Minúsculo trocito de madera, entre la matriz de las garras y la piel fina. Este dolor sutil me recuerda que estoy aquí y que existo en este semimundo. Quiero volver a llevar el anillo del sello borrado, retomar conciencia de mi existencia.

Inventaré mi historia, pues hay una frase que dice que *Los de Bilbao nacen donde quieren*. Levantan piedras, cortan troncos, los vascos son más fuertes que sus partidas de nacimiento.

Seré lo que quiera ser. Seré novelista, seré lo que escriba, escribiré lo que era.

En mis noches blancas, me drogaré y veré el futuro. Tomaré en brazos a la mujer que me dio a luz de entre las sombras y le perdonaré mi noche negra. Gracias a mis búsquedas minuciosas, historiadora del vacío, firmaré la biografía de referencia sobre mi no vida, sobre mis posibles existencias y mi reino fracturado. Antes del final, me coronarán, con la boca llena de *brioche,* y me atragantaré. Me sangrarán los oídos por el éxito. Seré la reina, yo, la mujer nacida de las sombras.

Las estrellas brillarán y no desapareceré.

Agradecimientos

Gracias a mis familias de adopción, de leche y de sangre.

Gracias a Milly La Delfa, la que puso en marcha la escritura de este libro.

Gracias a Chloé Delaume por empujarme a seguir.

Gracias a Stéphanie Carreras, *mi estrella.*

Gracias a mi editora, Chloé Deschamps. *Dios,* qué buena idea tuve de correr tras de ti y llamarte a gritos en la calle. Lo haría de nuevo.

Gracias a Olivier Nora, por el corazón que todavía late sobre la mesa.

Gracias a Olivia de Dieuleveult por haberme acompañado en el viaje con pasión y amabilidad.

Mi agradecimiento a mis amigos Marina Benítez Lazzarotto, Claire Bodechon, Catherine Charrier, Flavie Doubesky, Camille Lagache, Judith Margolin, Sophie Mas, Ève Mignot, Purificación Ortiz García, Chloé Nataf, Midori Zaidan y Rebecca Zlotowski.

Gracias a la escuela Les Mots y Camille de Peretti, Brigitte Kernel y Anne Pauly.

Todo mi afecto para mis amigos adoptados. No lo olvidéis: somos libres.

Créditos

Página 11: «Alive», letra de Eddie Vedder, en el álbum *Ten* de Pearl Jam. © 1991 Sony Music Entertainment Inc.

Página 37: el término «racimo humano» está tomado de un artículo de Alain Bergala sobre el cine de Maurice Pialat en *Les Cahiers du cinéma* número 576, febrero de 2003.

Página 103: *El retrato de Dorian Gray,* Oscar Wilde, traducción de José Luis López Muñoz, Madrid, Alianza Editorial, 2011.

Página 106: extracto de *Shining* de Stephen King, Alta Ediciones, 1979.

Página 136: *Txoria txori* es un poema escrito por Joxean Artze. Este poema fue un acto de resistencia contra la prohibición hecha por el régimen franquista de usar el euskera, estaba impreso en las servilletas de un restaurante en San Sebastián alrededor de 1968. Mikel Laboa le puso música. Joan Baez interpretó el poema en un concierto en las arenas de Bilbao, Vista Alegre, en diciembre de 1988.

María Larrea nació en Bilbao en 1979. Creció en París, donde estudió cine en La Fémis. Es directora y guionista. *Los de Bilbao nacen donde quieren* es su primera novela; con ella ha ganado el Premio a la mejor novela France Télévisions 2023, el Premio al Premier Roman 2023, el Premio a la mejor novela debut Les Inrockuptibles y el Premio Rodolfo Walsh a la mejor obra de No Ficción y Género Negro en español publicada en 2023.

De ella han dicho:

«Prodigioso.» Amélie Nothomb

«Me ha encantado la novela. Una muy buena novela.» Julia Otero

«*Los de Bilbao nacen donde quieren* es una notable primera novela que se interroga sobre la familia y sobre el peso de los lazos consanguíneos e indaga sobre la necesidad de construirse un origen y una identidad.» Anna María Iglesia. *La Lectura (El Mundo)*

«Una historia inspiradora, dura, poderosa y muy bella.» *Le Monde*

«Una narración furiosa que presenta a una autora con mucho talento.» *Le Figaro*

«Esta búsqueda de María Larrea sobre sus orígenes es una lectura deliciosa.» *Le Point*